Mina Teichert

Ich wollt, ich wär ein Kaktus

Mina Teichert wurde in dem schneereichen Jahr 1978 in Bremen geboren und lebt mit ihrer kleinen Familie im ländlichen Idyll Niedersachsens. Nachdem sie zunächst als Kind hartnäckig das Ziel verfolgte, Kunstreiterin im Zirkus und Wahrsagerin zu werden, sattelte sie mit vierzehn um und träumte von dort an von der Schriftstellerei. Heute schreibt sie mit Begeisterung Geschichten für Jung und Alt.

Mina Teichert

Ich wollt ich wär ein Kaktus

PLANET!

Für meine Tochter Lu

Mama verhält sich komisch. Sie pfeift die ganze Zeit vergnügt vor sich hin, und das auch noch ziemlich schief. Es geht mir ganz schön auf die Ohren, also schließe ich mit einem Knall meine Zimmertür. Soll sie ihre gute Laune doch woanders versprühen.

Eine Weile stehe ich vor meinem Spiegel und betrachte mich. Die blonden Locken stehen mir widerspenstig vom Kopf ab und meine blauen Augen schauen fragend zurück.

Meine Laune ist ganz und gar nicht gut, seitdem ich weiß, was hier los ist: Mama hat sich in Jo verknallt und hat meinem Papa erklärt, dass sie nun endgültig mit mir ausziehen wird! Saublöd. Okay, es ist nicht immer gemütlich mit Mama und Papa im selben Haus, weil sie sich meistens anschweigen oder anmotzen. Trotzdem bin ich nicht bereit, hier wegzugehen.

Ich lasse mich auf mein Bett fallen und ziehe mir die Decke bis zum Hals.

Eigentlich dachte ich, dass sich nur junge Leute verlieben. So wie Pia, unsere Nachbarin. Die ist siebzehn und verliebt sich jede Woche in jemand anderen. Beängstigend, wenn man mich fragt. Mama sagt, mit der Liebe ist das so eine Sache. Sie kommt und geht. Und man kann nichts dagegen machen. Nur mit den eigenen Kindern ist das anders, die liebt man ewig und drei Tage.

Im Flur höre ich jetzt Türen auf- und zuschlagen und das Rumpeln von Kartons. Bestimmt hat Mama sie wieder komisch gestapelt und sie sind umgefallen. Denn mit dem Stapeln von Gegenständen und mit Geometrie hat Mama es nicht so. Papa flucht. Ich verdrehe die Augen.

Also würde es jetzt wohl ernst werden? Das heißt dann fürs Erste: Ade, Paps. Ade, Streitereien und Kummer am Morgen. Ade, Riesenplasmafernseher, der gehört nämlich Papa. Ade, Swimmingpool im Sommer, denn der wird auch nicht mitkommen, und ade, supergeile Wii.

Stattdessen darf ich jetzt mit Mama in die kleine Einliegerwohnung von Oma Käthe ziehen. Mein Blick fällt auf meine Kakteen, die immer noch auf meiner Fensterbank stehen. Sie warten darauf, von mir in den Umzugskarton gestellt zu werden. Ich liebe sie und eigentlich sollte ich mich schleunigst darum kümmern, damit sie nicht zu Schaden kommen. Doch dann denke ich an Oma Käthe. Das Grauen! Wenn ich mit der in einem Haus wohnen muss, wäre ich auch gerne ein Kaktus. Denn ich bin mir nicht sicher, wie ich mir Oma sonst vom Hals halten soll. Ich kann mich noch gut an das letzte Mal erinnern, als mich Mama dort geparkt hatte. Drei Tage lang habe ich bei ihr übernachtet – der blanke Horror!

Plötzlich wird meine Zimmertür aufgerissen und Mama

stürmt herein. Im Nullkommanix öffnet sie mein Fenster, ich kann gar nicht so schnell protestieren. Erwin, mein größter Kaktus, steht direkt davor.

»Vorsicht!«, stoße ich aus.

»Autsch«, murrt Mama und zuckt zurück.

Erwin wackelt und ich halte die Luft an. Wenn Erwin jetzt auch noch abstürzt, platze ich.

»Du weißt doch, dass Erwin pikst«, sage ich angespannt, während Mama auf ihre Hand pustet.

»Vergessen«, meint sie und kommt zu mir herüber. »Steh auf, Süße, komm schon«, fordert sie und schaut sich prüfend im Zimmer um.

Ich denke gar nicht daran, mich zu rühren, und ziehe meine Decke bis zur Nase.

»Schätzchen, in deinem neuen Zimmer solltest du aber öfter lüften«, erklärt mir Mama mit einem Naserümpfen.

»Was soll das denn jetzt heißen?«, knurre ich und linse vorsichtig über den Rand der Bettdecke.

»Soll heißen: Hier stinkt's wie im Pumakäfig«, antwortet Mama ungerührt.

Nett. Mir kommt der letzte Zoobesuch wieder in den Sinn. Wir standen lange vor den Gehegen der Raubkatzen und meine kleine Cousine Ella hat mir vor die Füße gekotzt. Ob von dem Gestank der riesigen Katzen oder der Karussellfahrt mit Schmalzkuchen und Eis im Bauch, wer wusste das schon?

»Danke auch, Mama«, sage ich knapp und sehe sie wütend an.

»Gern geschehen, Süße.« Mama zwinkert und zieht gleich

noch die Vorhänge auf. Vorsichtig diesmal, um nicht wieder einem Kaktus zu nahe zu kommen. Ich blinzle.

»Lu, kannst du bitte deine Stofftiere in die blauen Säcke stopfen, und die Kissen gleich dazu?«, fragt Mama und durchquert mit schnellen Schritten mein Zimmer. Rumms! Das war mein Stapel unordentlich aufeinandergetürmter Bücher, der vom Schreibtisch gekippt ist.

»Ja, vielleicht«, antworte ich maulend und sehe sie aufmerksam von der Seite an, während sie die Bücher wieder aufhebt und in einem Karton verstaut.

»Schätzchen, du musst ein wenig mithelfen. Ich kann nicht alles alleine machen.« Jetzt hört sie sich vorwurfsvoll an.

»Ich will ja gar nicht umziehen«, erkläre ich geduldig. »Nur du.«

Mama runzelt die Stirn. »Aber Schatz. Das haben wir doch schon geklärt«, gibt sie zurück.

»Ja, ich weiß. Manchmal ist es besser, wenn zwei Menschen Abstand haben. Aber mich hat eigentlich keiner gefragt, wie viel Abstand ich zu Oma haben muss«, maule ich.

»Als Erwachsene haben wir die Verantwortung, solche Entscheidungen zu treffen. Und das ist auch nicht immer leicht. Das wirst du verstehen, wenn du groß bist, Lu.« Mama macht eine Pause und schaut mich forschend an.

»Ich hab keinen Bock auf Omas Landleben. Und schon gar nicht auf den blöden lauten Hahn und seine dämlichen Hennen, die einem das ganze Ausschlafen am Sonntag versauen.«

Mama muss grinsen. »Ich auch nicht. Aber der Gockel gehört nun mal dazu. Wir werden das Beste daraus machen.«

»Ich will aber nicht. Ich könnte dir einfach weglaufen«, schlage ich vor.

Mama hebt amüsiert eine Augenbraue. »Und wo willst du hin? Und was machst du mit deiner heiligen Kakteensammlung – nimmst du die dann einfach mit?« Eins zu null für Mama.

Missmutig schlage ich die Bettdecke zurück und stehe auf. Dabei kicke ich eine meiner Puppen durch das ganze Zimmer und höre Mamas Seufzen. Zögerlich hebe ich ein, zwei Stoffbären auf und greife mir einen der Säcke.

»Ich werde nicht umziehen, eher sterbe ich!«, versuche ich es jetzt dramatisch.

»Können die Comics weg?«, fragt sie mich, anstatt auf meine Drohung einzugehen.

»Hast du gehört? Eher sterbe ich«, versuche ich es noch mal.

Mama packt die Comics in einen Karton.

»Und schon gar nicht zu Oma Käthe«, gebe ich schnell hinterher. »Weißt du, was sie gesagt hat? Deine Aura wär' wie ein schmutziger Tümpel voll Entendreck.« Mama sieht nur kurz auf. So, das müsste jetzt aber sitzen, oder? Oma erzählt nämlich andauernd irgendeinen Unsinn von Auren, die Menschen umgeben. So wie Farben in der Luft, die ihre Stimmungen verraten.

»Oma meinte damit nur, dass meine Aura aufgewühlt und belastet ist, vermutlich von den Streitereien hier zu Hause. Ein Zuhause sollte ein Ort der Entspannung sein und des Friedens. Und Oma ist nicht so schlimm, wie du denkst.« Jetzt schaut Mama mich ernst an. »Sie ist meine Mutter und hat mich großgezogen, hörst du?«

Ich überlege, ob mich das irgendwie trösten sollte, aber es versetzt mich eher in noch größere Unruhe. Denn meine Mama ist ganz sicher nicht normal. Oder besser gesagt: nicht wie andere Mütter. Sie ist chaotisch, vergesslich und bei jeder Gelegenheit unpünktlich.

»Mama, ich meine das ernst. Ich ziehe nicht um! Nur über meine Leiche.« Ich setze mich wieder auf das Bett.

»Und was wird aus deinen Kakteen, wenn du nicht mehr da bist?«, fragt Mama.

»Ich möchte mit ihnen bestattet werden«, presse ich hervor und verschränke die Arme vor der Brust.

»Okay, Schätzchen. Aber pack vorher noch ein paar Sachen ein, ja?«, sagt sie müde lächelnd und ich beschließe, die Luft anzuhalten. Ich werde dieses Haus ganz sicher nicht lebend verlassen! Komme, was wolle.

Die Tür schließt sich hinter mir und ich spüre, wie mein Gesicht rot anläuft. Das darf einfach nicht wahr sein! Umzugsalbtraum. Ich lausche meinem donnernden Herzschlag, der mir in den Ohren klingt. Wenn ich die Luft so lange anhalte, dass ich diesen Druck auf den Ohren bekomme, kann ich mein Herz ganz laut hören. Wie viel Zeit es wohl braucht, bis man erstickt und tot umfällt?

Die Zimmertür geht wieder auf und Papa kommt kurz herein, zwinkert mir zu und trägt ungeachtet dessen, dass ich am Sterben bin, einen Karton hinaus.

»Bernadette!«, ruft er jetzt laut in den Flur. »Unsere Tochter wird ganz rot im Gesicht. Ich glaube, sie hält mal wieder die Luft an.«

Dann ein Rumpeln und Mama streckt den Kopf herein. »Ich weiß«, sagt sie knapp, schnappt sich einen der blauen Säcke neben der Tür und beachtet mich nicht weiter.

»Mach was dagegen«, sagt Papa noch mal.

»Was soll ich denn tun? Es ist auch deine sture Tochter.«

»Tja, von wem sie das nur hat«, wundert sich Papa und lacht laut. Das Lachen hört sich unglücklich an.

Jetzt guckt Mama noch mal zu mir herein.

Hinter meinen Augen drückt es unangenehm und ich kann ihre Gestalt nicht scharf sehen.

»Schätzchen, du weißt, dass du davon Kopfschmerzen bekommst, oder?«, fragt sie.

Ich werfe einen Blick in den Spiegel mir gegenüber. Meine Ohren sind knallrot und ich balle die Hände zu Fäusten. Mein Gesicht hat die Farbe einer überreifen Tomate und wird bald in ein ungesundes Lila übergehen. Langsam beginnen meine Lungen zu brennen. Das sollen die beiden noch bereuen! Diesmal würde ich ganz sicher tot umfallen. Stumm zähle ich die Sekunden. Zweiunddreißig, dreiunddreißig … Meine Lunge möchte von ganz alleine weiteratmen und es beginnt, richtig fies wehzutun. Fünfunddreißig, sechsunddreißig … Scheiße!

Zischend ziehe ich die Luft ein, atme schnell und beobachte, wie mein Gesicht wieder eine normale Farbe annimmt. Verdammt! Wieder nicht geklappt. Gut, dann sterbe ich eben morgen.

Ich stoße mich vom Bett ab und beginne, meine Kakteen vorsichtig in den Karton zu packen. Da ich so gar nicht bei der Sache bin, pikse ich mich an der kleinen Louise. Doch irgendwie tut es gar nicht so weh wie sonst, weil mein Kopf so voll ist. Voll mit Umzugspanik.

»Lucinda Wolff! Würdest du jetzt bitte von der Kiste herunterkommen und ins Auto steigen?« Mama sieht mich genervt an, aber ich halte nur meine Trompete an den Mund und schmettere ihr den schrillsten Ton entgegen, den ich kann.

»Lucinda!«, brüllt sie jetzt und rennt wütend und beladen mit ihrem Lieblingsspiegel an mir vorbei.

Ich starre in den blauen Himmel über mir und zähle Schäfchenwolken. Dann ist es so weit und Mama brüllt erneut nach mir. »Lu, ich zähle bis drei, dann kracht es.«

Ich weiß nicht, ob ich grinsen möchte. Wenn's bei drei kracht, ist es, als würde ein fieser Hurrikan über einen hinwegziehen. Da kann auch schon mal etwas zu Bruch gehen. Das letzte Mal war es mein MP3-Player. Den musste Mama mir dann erstatten und einen neuen besorgen.

»Mama, ich kann es nicht fassen, dass du mir immer noch damit drohst. Nach allem, was du mit dieser Masche schon angerichtet hast«, sage ich knapp und warte auf ihre Reaktion.

»Was meinst du?« Mama runzelt die Stirn.

»Na ja, wegen dir konnte ich nicht richtig zählen lernen, als ich klein war«, erinnere ich sie.

»Ach, du meinst, weil du die Drei als Zahl immer ausgelassen hast?« Sie lacht. »Du solltest dich jetzt bewegen, Schatz. Sonst gibt es gleich `ne Drei«, sagt Mama und schleppt ihren Spiegel weiter.

»Pah«, antworte ich.

Um mich herum werden immer mehr Kisten fortgeschleppt und in den Transporter geladen. Bald ist nur noch die große auf dem Gehweg vor Paps Haus übrig, auf der ich sitze. Und ich denke nicht daran, aufzustehen.

»Lucinda«, ruft Jo, Mamas neuer Freund, und winkt mich zu sich. Er lächelt nett, aber ich denke gar nicht daran, zu reagieren. Soll er ruhig wie ein Bekloppter mit seinen Händen rumfuchteln, bis er sich albern vorkommt.

Papa steht am Fenster und verschwindet hinter den Gardinen. Noch heute wird er beruflich für eine Weile wegfliegen und dieses ganze Chaos hinter sich lassen.

Plötzlich packen die zwei bulligen Männer des Umzugsunternehmens meine Kiste von beiden Seiten und heben sie hoch. Ich kann gerade noch meine Trompete festhalten und mich ausbalancieren, damit ich nicht herunterrutsche.

»Na, Prinzessin?«, fragt der eine und grinst breit. »Willst du auf der Ladefläche mitfahren?«

Ich überlege, ob ich das machen sollte. Wär mal was anderes.

Jos alter Skoda röhrt neben dem Transporter auf, als er angelassen wird. Wieder winkt Jo aus dem Auto heraus zu mir herüber.

»Du bist ganz schön schwer, du kleine Ratte«, sagt der andere Mann vom Umzugsunternehmen und zeigt mir seine etwas zu dunklen Zähne beim Lachen. Zumindest die, die noch übrig sind. In der unteren Reihe hat er nämlich nur noch einen. Allem Anschein nach hat seine Mama ihm nicht beigebracht, wie man Zähne putzt. Ich gebe mir Mühe, nicht mein Gesicht zu verziehen und antworte: »Das bin nicht ich, das sind die Bücher in der Kiste.« Ich gerate ins Rutschen und der Mann vor mir grunzt komisch, bevor er die Kiste beinahe fallen lässt. Plötzlich packt jemand meinen Arm und zieht mich runter. Ich sehe mein geliebtes Instrument fast auf die Erde fallen.

»Mann, Mama!«, kreische ich und stolpere.

»Oh, die Prinzessin ist weg«, murrt der Mann mit den wenigen Zähnen.

»Danke, Jungs. Aber dieses Paket nehme ich jetzt an mich«, trällert Mama den beiden Männern zu und schiebt mich vor sich her.

Ich gebe den Widerstand auf. »Okay, du hast gewonnen, ja? Aber lass mich los. Du bist ja so was von peinlich!«, zische ich und merke, wie meine Ohren glühen. Das tun sie immer, wenn ich mich schäme. Egal für wen.

»Fräulein, ich erwarte jetzt von dir, dass du mithilfst und mir nicht zusätzlich das Leben schwer machst«, höre ich Mama streng sagen, während sie mir einmal durch meine Locken streicht. »Im Ernst jetzt!«

Ich drehe mich kurz zu ihr um. »Wer macht hier wem das Leben schwer?«, grummele ich zurück und lasse es zu, dass sie mir die Trompete abnimmt. »Sei vorsichtig damit«, mahne ich sie mit erhobenem Zeigefinger.

Wenig später stehe ich vor Jos Auto. Ich stemme die Beine in den Boden und halte an, weil ich nicht einsteigen will.

»Lu, wirklich, ist das nötig?« Jetzt sieht Mama für einen Moment traurig aus und es tut mir plötzlich leid. Neben der Autotür wartet die Kiste mit meinen Kakteen.

»Nein, 'tschuldigung«, sage ich kleinlaut und hebe sie auf.

»Schätzchen, wir schaffen das«, muntert mich Mama auf.

Ich nicke unwillig. Sie muss ja nicht in eine neue Schule mit neuen Leuten. Okay, mit Oma Käthe muss sie auch zusammenleben. Aber das kennt sie ja schon aus ihrer Kindheit. Sicherlich hat sie bereits einige Überlebensstrategien entwickelt. Und ich? Ich muss das schließlich erst noch lernen.

»Ja, sicher«, sage ich und versuche zu lächeln, während sie mich auf den Rücksitz des Wagens schiebt und mir mit der Kiste voll piksender Pflanzen hilft. Dann drückt sie mir einen Kuss auf die Stirn und will die Autotür schließen.

»Mama?« Sie wartet und schaut mich an. Eigentlich will ich sagen, dass ich mir vielleicht doch Mühe geben möchte, mit dem ganzen Neuanfang. Doch dann dreht sich Jo zu mir um und grinst so schief, dass es mir wehtut.

»Na, Prinzessin? Endlich den Weg ins Auto gefunden?«, fragt er. Und ich fordere stumm meine Trompete von meiner Mutter.

Noch ehe wir losfahren, verfällt Mama wieder in einen Redefluss, der einem die Sinne rauben kann. Sie erzählt, was wir gleich zu tun haben. Was wer zuerst macht und woran wir alle denken müssen, weil sie es nicht schafft, alleine an alles zu denken.

Sie ist so aufgedreht dabei, dass ich auch ganz hibbelig werde. Meine Lippen legen sich an das Mundstück meiner Trompete und ganz langsam füllen sich meine Lungen mit Luft. Ganz viel Luft. Was hat mein Musiklehrer gesagt? Keine dicken Backen dabei machen, wenn du spielst. Okay!

Blitzschnell dreht sich Mama zu mir um und ich zucke zusammen. »Denk nicht mal dran!«, faucht sie und ich lasse die angestaute Luft aus meinen Lungen entweichen.

»Ist ja gut!«, sage ich, während sie mich immer noch so ansieht, als würde sie mich gleich fressen.

Wir fahren auf die Autobahn und verlassen die Stadt.

»Am besten, wir räumen zuerst die Küche ein. Dann ist das Wichtigste geschafft«, weist Mama uns ein.

»Klar, das bekommen wir schon hin«, beruhigt Jo sie.

Mama schaut ihn mit einem seltsamen Dackelblick an und beugt sich zu ihm. Knutsch. Bäh. Ist das widerlich.

Irgendwas anderes ist auch irgendwie widerlich. Und zwar ein Geruch. Ich rümpfe die Nase und schaue mich in Jos Gefährt um.

»Mama, was stinkt hier so?«, frage ich und sie sieht über die Schulter zu mir.

»Lu«, sagt sie tadelnd.

»Was?! Riech doch mal.« Ich schnuppere und sehe mich weiter

in dem schön schmutzigen Wagen um. Überall auf dem Boden liegen Halme von Stroh und Heu. Von den Abdrücken dreckiger Stiefel ganz zu schweigen.

»Boah, wenn ich so was in meinem Zimmer machen würde!«, sage ich tadelnd zu Mama.

Jo wirft mir lächelnd einen Blick zu. »Das ist mein Arbeitsfahrzeug. Ich fahre auch in Stallklamotten damit herum, ich kann mich ja nicht jedes Mal umziehen«, beichtet Jo. »Was du riechst, sind vermutlich Stallgerüche.«

Ich hatte fast vergessen, was Jo von Beruf ist. Bauer! Er mag es zwar lieber, wenn man ihn als Landwirt betitelt, aber ich werde weiter Bauer sagen. Vorsichtig schnuppere ich noch einmal. So soll also mein neues Leben riechen? Ein Kaktus müsste man sein, die riechen nichts.

Ella, meine Cousine, hatte einmal einen Hamster. Der Gute war ihr abgehauen und nach etwa einer Woche haben wir ihn tot in einer Spielzeugkiste wiedergefunden. Er roch so ähnlich, wie es in diesem Auto riecht. Süßlich, muffig und sehr ekelig. Allerdings sah der Hamster noch ekeliger aus, als er roch. Schnell schlage ich mir meine Hand auf den Mund und versuche, die Bilder wieder aus meinem Kopf zu bekommen.

»Du magst doch sicher Tiere, oder, Lu?«, fragt der Bauer.

»Nein«, sage ich knapp. »Ich mag Kakteen. Die stinken nicht.«

Mama dreht sich wieder zu mir um. »Das stimmt doch gar nicht, Lu. Du willst ein Haustier haben, seitdem du auf der Welt bist.«

Ich seufze laut, weil sie mich verraten hat. Und weil ich keins haben darf. Mama reagiert nämlich auf alles allergisch, was Haare hat. Also warum nicht auf den Bauer, der ständig Tierhaare an den Klamotten hat?

»Weißt du, ich habe dir ja schon erzählt, dass wir auf dem Hof ganz viele haben. Nicht nur Kühe«, erzählt Jo weiter.

»Mmh.«

»Wir haben auch Katzen, die immer mal wieder einen Wurf Junge bekommen.«

Oh, Babykatzen? Mein Herz macht einen Satz. Ich liebe Babykatzen.

»Mmh«, brumme ich.

Jetzt sieht Mama noch weniger belustigt aus. Das Auto fährt eine Kurve und der Karton mit meinen Kakteen kommt ins Rutschen. Fast greife ich mit der Hand in Erwins lange Stacheln.

»Kannst du Jo bitte mindestens in Drei-Wort-Sätzen antworten, wie eine höfliche Zweijährige?«, fragt Mama.

»Oh, Mann«, zische ich.

Jo lacht heiser auf und zieht sich seinen Hut tiefer ins Gesicht. »Ach, lass sie doch, Bernadette. Sie muss sich erst an mich gewöhnen.«

Ich sehe Mama finster an. Ja, genau, ich muss mich erst an Jo gewöhnen. Wobei das eigentlich gar nicht nötig sein wird. Denn ich habe mir vorgenommen, dass er es nicht lange bei uns aushalten wird.

»Also, Lu? Du magst doch sicher mal mit den Katzen spielen? Oder den Kälbchen ihre Milch geben?«

Ich begegne Jos munterem Blick im Rückspiegel seines Wagens. Milch geben? Den Kälbern? Aus einer Flasche? Wie geil ist das denn?

»Nein, kein Bedarf!« Da hat er seinen Drei-Wort-Satz. Ich verschränke die Arme vor der Brust. So einfach bin ich nicht zu ködern. Bauer!

Jo fährt etwas zu zackig um die nächste Kurve und Erwin erwischt mich doch noch.

»Aua!«

»Hui, das war schnell«, meint der geistreiche Jo, während ich die Kakteen unter Kontrolle bringe und einen Stachel aus meinem Finger ziehe.

»Witzig«, brumme ich. Es ärgert mich immens, dass ich an die Katzenbabys denken und trotz Erwins Attacke lächeln muss. Verdammt!

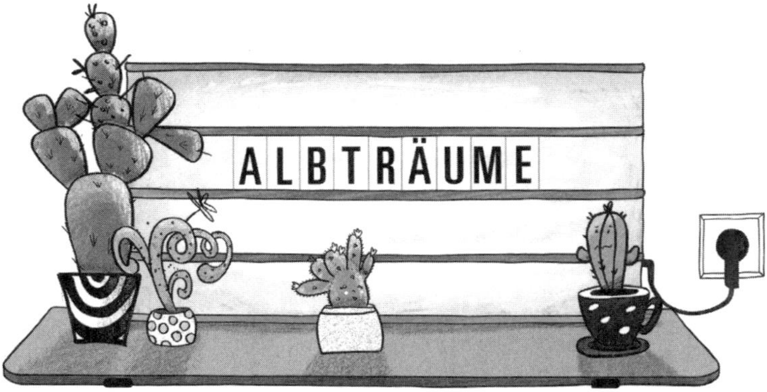

Irgendwann kommt die Einfahrt zu Oma Käthes Hof in Sichtweite. Ich kaue missmutig auf einem alten Kaugummi herum, den ich in meiner Jackentasche gefunden habe. Wir biegen ab, schleichen den holprigen Weg entlang und kommen direkt auf Omas weißes Haus zu. Die grünen Fensterläden zeichnen sich stark ab und es sieht von Weitem aus, als hätte Omas Haus Augen und einen riesigen Mund. Ich werde das Gefühl nicht los, dass ich mich gerade auf direktem Weg in die Hölle befinde. Denn es ist durchaus möglich, dass sich im Keller von Oma Käthe ein Portal in die Unterwelt befindet. Von dem leider nur ich etwas weiß. Mama ist ja so ahnungslos. Ich atme tief durch.

Jetzt torkelt uns auch der alte Hahn über den Weg.

»Komm schon, den kriegen wir noch!«, platzt es aus mir heraus und Jo tritt tatsächlich auf das Gaspedal.

Ich kann es nicht fassen, dass wir auf den Gockel zurasen.

»Oh Gott! Das war ein Scherz«, quieke ich im letzten Moment und Jo bremst.

»Ich habe gehört, du magst ihn nicht besonders. Da dachte ich, ich könnte vielleicht bei dir punkten, wenn ich ihn für dich beseitige«, erklärt Jo verschwörerisch und seine grauen Augen funkeln belustigt.

Ach du meine Güte!

Mama muss lachen.

»So ist das«, antworte ich. »Ich lasse dich dann wissen, wenn ich mit einem Lehrer Ärger habe, okay?« Na, der hat ja einen Clown gefrühstückt.

»Bernadette, hör doch! Deine Tochter spricht mit mir.« Jo zwinkert mir zu und fährt dann weiter. Blödmann!

Der Hahn bringt sich in Sicherheit und meine Mordgelüste konzentrieren sich weder auf Hahn noch Lehrer.

Jetzt kommt Oma Käthe aus dem Haus und winkt. Ich versuche, etwas freundlicher zu gucken, während der Wagen an ihr vorbeirollt und auf dem Parkplatz stehen bleibt.

»Mutti!«, trällert Mama und steigt aus dem Auto. Sie umarmt die kleine, dickliche Frau mit ihren weißen Locken. Jo kommt ihr sofort nach und schüttelt Oma nett die Hand.

»Hallo, Frau Wolff. Ich freue mich sehr, Sie endlich kennenzulernen.«

Oma hebt eine Augenbraue. Wenn sie das tut, weiß ich nie so genau, was in ihrem Kopf vorgeht. Meistens sagt oder tut sie dann irgendwas, womit man nicht rechnet. Vielleicht jagt sie Jo zum Teufel?

»Sie sind Jo. Ich habe schon viel von Ihnen gehört, junger Mann.« Junger Mann trifft es. Denn Jo ist noch irgendwas mit zwanzig und somit eine ganze Ecke jünger als meine Mama.

»Ich hoffe, nur Gutes?«, fragt Jo jetzt und ich erstarre in meiner Bewegung beim Aussteigen und halte die Luft an. Jagt sie ihn jetzt zum Teufel, oder was?

»Sicherlich. Die Freude ist ganz meinerseits«, meint Oma freundlich. »Sie sind eine erfrischende Persönlichkeit«, stellt sie fest und mir fällt die Trompete fast aus der Hand. Oh, nein. Kommt jetzt wieder dieses Aura-Ding? »Und du, Berni, siehst auch gut aus.« Oma lässt Jos Hand endlich los und drückt dann meine Mama an sich. Sehr fest, wie mir scheint. Sie flüstert ihr etwas zu, was Mama strahlen lässt, und nickt dann vielsagend zu Jo.

»Na toll«, murmle ich.

»Lucinda!«, ruft Oma Käthe im nächsten Augenblick.

Mit der Trompete in der Hand schlendere ich voran. Neben mir läuft Herbert, der Hahn, und pickt nach Körnern. Seine zwei Hühner folgen ihm in einem Abstand von etwa einem Meter.

»Mein Mädchen, komm einmal her. Lass dich anschauen.« Oma gibt mir einen feuchten Schmatzer auf die Wange.

»Hi, Oma«, sage ich und versuche zu lächeln. Ich wünschte, ich wäre ein Kaktus! Die küsst man nicht!

»Bist du noch müde?«, fragt sie und ich nicke. »Was hast du da? Deine Tröte?«

Das hat sie jetzt nicht gesagt, oder?

»Trompete, Oma«, berichtige ich.

»Hast du alle deine Sachen in den Wagen bekommen, mein Baby?«, fragt Oma weiter.

Wie ich es hasse, wenn sie mich Baby nennt. »Oma, ich …«, beginne ich und werde unterbrochen.

»Ich lade schon mal die Kartons aus dem Kofferraum, wenn es recht ist«, bietet Jo an und macht sich eifrig ans Werk.

»Ich weiß, du bist kein Baby mehr«, sagt Oma an mich gerichtet und drückt mir noch einen Schmatzer auf, diesmal auf die andere Wange. Kaktus!

Mama hakt sich bei Oma ein und geht ein paar Schritte auf das Haus zu. Ich ärgere Herbert ein wenig, indem ich ihm Kastanien vor den Schnabel rollen lasse. Es sieht lustig aus, wie er die Dinger so von der Seite betrachtet und dann mit seinen Vogelaugen zu mir schaut.

Während Jo die Kisten in die Wohnung bringt, gehe ich schon mal in mein neues Zimmer.

»Wie gefällt es dir?«, fragt Mama und ich versuche mir zu überlegen, wie ich mein Bett hier reinbekommen soll, ohne es über meinen Schreibtisch und den Kleiderschrank zu stapeln.

»Ähm, ja«, sage ich. »Hübsche Fenster.« Die sind wirklich schön. Mit Sprossen und so. »Aber die Größe ist ja wohl ein Witz, oder?«, frage ich vorsichtig.

Sie sagt nichts. Kein Witz? Na, dann prost Mahlzeit.

»Ich dachte, wir können deinen Kleiderschrank hier im Flur vor dem Zimmer aufstellen? Dann hast du innen mehr Platz und kannst auch besser spielen.«

Ich runzle die Stirn. »Dann soll ich also halb nackt durch den Flur rennen, wenn ich mich umziehen will? Und wenn jemand zu Besuch ist, kann der mir auch gleich was weggucken?«

»Nein, es wird dich niemand sehen. Der Eingang und das Wohnzimmer sind doch weit genug entfernt.« Mama macht eine Pause. »Und du kannst dir ja auch vorher Klamotten aus dem Schrank holen und sie mit in dein Zimmer nehmen. Schon mal drüber nachgedacht?«, fragt sie leicht spöttisch und ich stimme zu.

»Okay, wenn du meinst.« Dann bekomme ich wenigstens mein Bett und den Schreibtisch in das Zimmerchen hinein.

»Es wird schön, du wirst sehen«, sagt Mama und strahlt.

»Kann schon sein. Vielleicht hast du recht«, antworte ich und betrachte die hübschen geblümten Vorhänge, hinter denen sich eine breite Fensterbank befindet. Ein hervorragender Platz für die Kakteen.

Mama zwickt mich freundschaftlich und streicht mir eine Locke hinters Ohr. »Das ist mein Mädchen«, sagt sie munter und ich habe sie auf einmal ganz doll lieb, weil sie mich so anlächelt. Dieses Lächeln, das sagt: Wir sind ein Team und nichts passt zwischen uns.

Ich breite die Arme aus und will sie drücken. Dann höre ich Jo rufen: »Bernadette!«

Mama dreht sich um. »Oh, ich komme!«, flötet sie und da stehe ich nun. Jetzt bin ich mir ganz sicher: Der Bauer muss unbedingt weg!

Wenn es stimmt, was Oma Käthe sagt und der Traum in Erfüllung geht, den man in der ersten Nacht in einem neuen Heim träumt, dann bin ich gründlich am Arsch: Mama und ich waren auf einer Expedition im türkischen Dschungel, auf der Suche nach Papa und dem fehlenden Unterhalt für mich. Paps muss oft ins Ausland und ist dann viele Tage weg. Und jetzt, wo sich unsere Wege trennen, gibt es Streit um Geld. Eigentlich soll ich davon nichts wissen, aber Mama unterschätzt immer, wie gut meine Ohren sind.

Also pirschten Mama und ich uns in diesem dichten Wald vorwärts. Sie hatte ein riesiges Schmetterlingsnetz dabei und fuchtelte wild damit vor sich her, was ziemlich verrückt aussah. Das Gestrüpp in diesem Dschungel war total dicht, sodass wir nur schwer vorankamen und ihre langen Locken sich immer wieder in Ästen verfingen. Dann, ganz plötzlich, erklang ein Grollen und Röhren. Erst dachte ich, es wäre ein wildes Tier und ich sah mich hektisch um. Aber da bemerkte ich die riesigen Traktoren, die durch das Unterholz brachen. Sie rollten direkt auf uns zu. Ich nahm Mama an der Hand und wir rannten los. Mama war viel zu langsam, und als ich mich umsah, erkannte ich, dass die Traktoren Mäuler hatten, mit spitzen Zähnen. Dann stürmte ich weiter, Mamas dunkelblonde Haare wehten um ihren Kopf. Sie warf ihr Schmetterlingsnetz nach den Monstern und ich rutschte auf einem dicken Kuhfladen aus. Auf einmal verlor ich den Boden unter den Füßen und schrie – und plötzlich saß ich auf der Umzugskiste von heute Morgen. Sie wankte wie ein Schiff auf hoher See. Da trat Mama in mein Blickfeld und sagte: »Spiel nicht so laut Trompete. Und stich dich nicht an den Kakteen.«

Dann bin ich aufgewacht und musste ganz eilig zum Klo. Dabei bin ich falsch abgebogen und in den Kleiderschrank gekracht, weil der jetzt dort steht, wo in der alten Wohnung die Badezimmertür hätte sein müssen.

Als ich wieder eingeschlafen war, ging der Albtraum noch weiter. Mama und ich rannten wieder im Dschungel umher und wurden ganz plötzlich von einer riesigen gelben Schlange verschluckt. Ein Happs und wir waren weg. Alles wurde schwarz und unendlich warm. Als Nächstes rutschten wir einen Tunnel hinunter und landeten im Magen der Schlange, die seltsamerweise aussah wie Oma Käthes Keller! Verrückt!

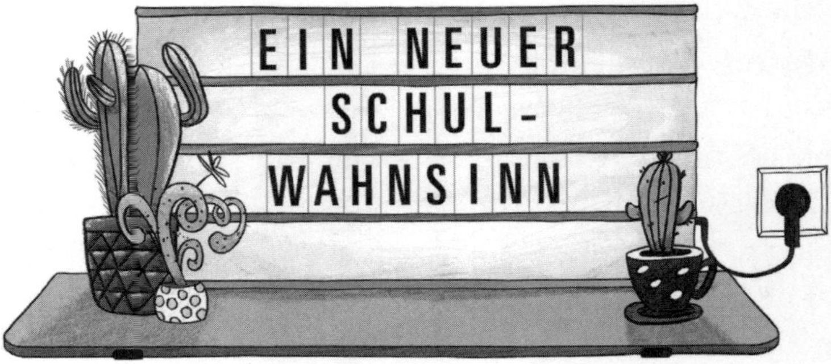

»Kikerikih-hi-hi-hi!«, brüllt der olle Herbert und ich ziehe mir mein Kissen halb über den Kopf. Müde schaue ich zu meinem Wecker. Fünf Uhr dreißig?! Mann, ich habe noch fast zwei Stunden, bevor ich mich auf den Weg zur Schule machen muss. Aber jetzt kann ich sowieso nicht mehr einschlafen. Also stehe ich auf und laufe in den Flur, um mir meine Sachen aus dem Kleiderschrank zu holen. Dabei entdecke ich Mama, wie sie an der Haustür steht, im Nachthemd, und an Jos Hals hängt. Würg! Hat der etwa schon wieder hier gepennt? Das wird ja langsam zur Gewohnheit.

»Morgen«, krächze ich und verstecke mich dabei halb im Schrank. Schließlich habe ich kaum was an. Mama auch nicht, aber die stört's nicht.

»Morgen, Liebling«, sagt Mama und grinst. Dann streckt Jo seinen Kopf noch mal durch die Tür herein.

»Hallo, Kullerkeks, schon wach?«, fragt er und ich bekomme rote Wangen. Jo hat festgestellt, dass ich einen ähnlichen kleinen Bauchansatz vom Kekse essen habe wie er. Seitdem findet er, dass wir uns ähnlich sind, und nennt mich gerne Kullerkeks. Der Depp findet das auch noch lustig. Ich find's nur peinlich.

»Ja, bin ich. Dank dem Hahn.«

Und gestern Nacht um zwölf dank euch, füge ich in Gedanken dazu. Denn da hat Jo sein Handy auf dem Garderobenschrank gelassen und es klingelte, als es einen Notfall im Kuhstall gab. Eine komplizierte Kälbchen-Geburt, wie ich mitgehört habe.

»Ich wünsche dir viel Spaß in der Schule«, sagt Jo noch nett, bevor er Mama einen Kuss gibt, den ich besser nicht gesehen haben will, und verschwindet.

Ich krame mir meinen schwarz-rot gestreiften Lieblingspullover heraus und schnappe mir eine Jeans. Meine Haare binde ich mir zu einem Dutt, der fast aussieht wie ein Kaktus, und verfluche beim Blick in den Spiegel meine Sommersprossen. Wieso bin ich eigentlich die Einzige in der Familie, die diese Sprenkel im Gesicht hat, die an Cookies erinnern?

Mama schaut Jo noch lange nach und sieht so verträumt dabei aus. In etwa wie ich, wenn ich einen Kuchen im Ofen beim Aufgehen beobachte.

»Frühstück, Süße?«, fragt Mama, als sie endlich wieder ihre sieben Sinne sortiert hat.

»Klar, machst du Rührei?«, will ich wissen und höre meinen Magen knurren. Oder gleich ein Hähnchen, füge ich in Gedanken hinzu und werfe einen Blick aus dem Fenster, wo der doofe Herbert schon wieder herumkrakeelt. Seine Hühner laufen ihm wie immer hinterher. Heute eiern sie auf der Wiese vor Omas Gemüsegarten herum.

»Mama?«, rufe ich, ziehe mich schnell an und schlendere in die kleine Küche.

»Ja, Spätzchen?« Sie klappert mit dem Geschirr und lässt fast meine Lieblingstasse fallen. »Hast du Papa eigentlich noch mal angerufen, bevor er wieder in den Flieger gestiegen ist?«, frage ich.

»Ach, das habe ich ja ganz vergessen.«

»Wo muss er denn diesmal hin?«, grüble ich.

»In die Türkei«, meint Mama.

Oh, oh.

»Und wann kommt er mich besuchen?«, will ich wissen und vermisse ihn plötzlich ganz doll. Hoffentlich entgeht er der Riesenschlange. Und vielleicht kann er ja doch noch etwas gegen Jo ausrichten, wenn er uns besuchen kommt? Nee, eher nicht. Er hat schließlich immer genug mit sich selbst zu tun, wie Mama gerne sagt.

»Ich denke, das wird er bald tun.« Mama schlägt Eier in die Pfanne und ich schaue ihr über die Schulter.

»Und? Willst du demnächst mal mit auf Jos Hof fahren?«, fragt sie gut gelaunt.

Ich verdrehe die Augen, dass es schmerzt. Mama merkt es nicht.

»Mal sehen. Vielleicht.«

»Wär doch schön. Dann kannst du seine Familie kennenlernen.«

»Okay.«

Wie viel Familie verträgt man eigentlich? Mir ist ja von meiner eigenen noch ganz schwindelig. Ich habe gehört, dass Papa auch eine Frau kennengelernt hat. Argh!

Mama fährt mich ausnahmsweise in die neue Schule, aber zukünftig soll ich mit dem Fahrrad hierherkommen, was ziemlich anstrengend werden dürfte. Wie viele Kilometer mochten es wohl von Oma Käthes Haus aus sein? Einhundertundfünfundzwanzig? Oder wirklich nur drei, wie Mama behauptet?

Ich habe keine Zeit, weiter darüber nachzudenken, denn wir erreichen den Klassenraum. 6b steht an der Tür geschrieben. Mama schiebt mich hinein. Der Unterricht hat noch nicht begonnen, alle Schüler quatschen wild durcheinander, aber die Lehrerin entdeckt uns.

»Oh, wie schön«, sagt die Frau mit den zu einem Pferdeschwanz gebundenen braunen Haaren. »Guten Morgen. Frau Wolff? Ich dachte, wir treffen uns eine Viertelstunde eher, vor dem Sekretariat?« Sie lächelt freundlich und gibt Mama die Hand.

»Das habe ich wohl verschwitzt«, antwortet Mama gelassen und ich schaue sie schockiert an. Typisch Mama! Hat mal wieder eine Kleinigkeit vergessen. Nämlich meine Wenigkeit pünktlich abzuliefern, damit ich einen guten Eindruck mache.

»Guten Morgen, Frau Neiß. Ich hoffe, es ist nicht weiter schlimm, dass wir etwas später dran sind?« Mama gibt mir einen Schubs, damit ich der Lehrerin ebenfalls die Hand reiche.

»Hallo, ich bin Lu. Schön, dass ich hier bin«, plappere ich höflich und stelle fest, dass Frau Neiß echt hübsch ist. Passt aber auch, schließlich hört sich ihr Name wie das englische Wort »nice« an, das so viel wie nett bedeutet.

»Schön, dich bei uns zu haben, Lucinda. Willkommen in der

6b, der Bläserklasse unserer Schule. Du spielst Trompete, nicht wahr?«, fragt sie und ich nicke eifrig.

»Ja, schon seit einem Jahr. Ich hab's auch mal mit Geige probiert, das fand ich aber nicht so dolle«, setze ich hinterher und schaue mich im Klassenraum um. Es ist hell hier, mit bodentiefen Fenstern und vielen bunten Bildern an den Wänden. So einen schönen Klassenraum hatten wir in der Stadt nicht. Diese Schule scheint noch recht neu zu sein. Es riecht nicht so muffig wie in unserem alten Klassenzimmer.

»Ich hoffe, dir wird es hier gefallen. Am besten, du suchst dir gleich einen Platz. Hinten rechts sind noch drei frei. Wir beginnen jetzt mit dem Unterricht«, meint Frau Neiß.

Mama drückt mir vor all den Leuten einen Abschiedskuss auf den Mund. Ich kann gar nicht schnell genug aus ihrer Umarmung flüchten und stelle zu meinem Entsetzen fest, dass mindestens vier Mitschüler diesen Moment gesehen haben. Ein Junge mit dunkelblondem Haar grinst mich ganz offen an. Gott, wie peinlich. Ich wünschte echt, ich hätte Stacheln. Dann würde Mama sich das dreimal überlegen, mir so was anzutun. Ich spüre, wie meine Ohren wieder heiß werden.

»Tschüss, Mama. Bis später«, sage ich schnell und gehe nach hinten zu einem der freien Tische. Ein blondes Mädchen lächelt mich nett an und ich setze mich zu ihr.

»Hi, ich bin Tara«, sagt sie und ich stelle meine schwere Tasche auf dem Boden ab.

»Ich bin Lu und neu hier.« Oh, geht's noch? Was rede ich denn da? Natürlich bin ich neu hier. Das weiß doch jeder. Ich grinse verlegen. »Ich bin gerade hierhergezogen. Wir haben bis jetzt in der Stadt gewohnt.«

Tara lächelt immer noch nett und ihre grünen Augen blitzen dabei auf. Ich glaube, ich habe noch nie so grüne Augen gesehen.

»Ja, ich weiß. Hier verbreiten sich Neuigkeiten sehr schnell, musst du wissen«, erklärt sie.

»Davon hab ich schon gehört. Der Dorffunk. Oder auch Buschtrommeln genannt«, zitiere ich meine Mutter. Ich muss seufzen und Taras Lächeln wird breiter. Dann fällt mir auf, dass auch fast alle anderen mich anstarren. Und das nervt ziemlich. Ich glaube, die Einzige, die nicht über mich tuschelt oder zu mir guckt, ist eine kleine Chinesin auf der anderen Seite des Raumes. Sie trägt eine Brille und ihre mandelförmigen Augen kleben fest auf einer Buchseite. Was sie liest, muss total spannend sein, zumindest spannender als ich. Das gefällt mir.

Wenig später wundere ich mich darüber, wie gut dieses Mädchen mit Büchern im Allgemeinen umgehen kann. Denn als in der Pause im Schulflur eins auf mich zufliegt und droht mich zu erschlagen, fängt sie es im Flug ab. Endlich habe ich Gelegenheit, die chinesische Leseratte näher kennenzulernen.

»Das war haarscharf«, stellt sie fest.

Ich blicke stur zu dem blonden Jungen, der das Ungetüm geworfen hat. Die Chinesin wedelt mit dem Wälzer vor mir herum und spricht jetzt den Jungen an.

»Julian, du Vollidiot. Du hättest beinahe die Neue umgebracht.«

Der Junge fährt sich unruhig durch sein dickes Haar, das ihm ungezähmt zu Berge steht, und kommt auf mich zu.

»Tut mir sehr leid. Ehrlich«, sagt er zerknirscht. »Echt, ich wollte Frederik treffen«, erklärt er und ich weiß nicht, ob ich das besser finde. Also sage ich nichts.

»Was? Bist du scheiße?«, fragt der Junge, der neben mir steht und natürlich Frederik ist. Er zieht geräuschvoll die Nase hoch und ich suche sofort nach einem Taschentuch für ihn.

»Ich bin übrigens Lil«, sagt das chinesische Mädchen und legt das geworfene Buch auf den Tisch. Ich finde eine Packung Taschentücher und sage immer noch nichts.

»Hey. Geht's dir gut?«, fragt ein rothaariges Mädchen neben Lil.

»Ich glaube, sie steht unter Schock«, erklärt Lil jetzt und fuchtelt mit der Hand vor meinen Augen herum.

Ich runzle die Stirn. Wenn ein Buch mit dieser Wucht einen Kaktus trifft, ist der meistens hinüber. Der Erwin, den ich vor meinem Erwin hatte, starb nach einem Zusammenprall mit einem Mathebuch.

»Das war super, danke! Wäre echt fies geworden, wenn ich das Ding an den Kopf bekommen hätte«, überlege ich und reiche dem Frederik ein Taschentuch, das er ignoriert. Julian grinst doch tatsächlich. Jetzt verenge ich die Augen und schaue ihn zornig ins Gesicht.

»Mann, tut mir wirklich leid«, wiederholt er lässig. »Ich hab dich ja auch nicht getroffen, stimmt's?«

Dein Glück, denke ich säuerlich.

»Hat deine Mutter dir nicht beigebracht, dass man nicht mit schweren Gegenständen nach zivilisierten Leuten wirft?«, frage ich schnippisch zurück. Ich merke, dass Tara aus sicherer Entfernung den Schlagabtausch interessiert beobachtet.

»Ich hab eine Impulskontrollschwäche«, meint Julian und zuckt mit den Achseln, als würde das alles erklären. Dann dreht er sich um und lässt mich einfach stehen. Aufregung summt in meinem Bauch wie ein Bienenschwarm.

Ich wende mich wieder an Lil. »Tausend Dank. Wirklich.«

Sie lächelt und schiebt sich eine schwarze Strähne aus dem Gesicht. »Gern geschehen. Die Jungs hier sind ein wenig minderbemittelt. Ich weiß auch nicht, wie die es auf ein Gymnasium geschafft haben«, sagt sie und grinst in Julians Richtung. Ich sehe ihm nach. Warum sind die hübschen Jungs eigentlich oft die bescheuertsten?

»Tja, nicht jeder mag Bücher. Die kann man schon mal an die Wand klatschen wollen«, murmle ich und denke an einen Wutausbruch, als das letzte von mir gelesene Buch nicht das gewünschte Ende hatte. Ich war so sauer, dass ich es an die Zimmerwand gedonnert hatte.

Lil lächelt verträumt. »Also, ich liebe Bücher«, erklärt sie voller Leben und greift sich dabei ans Herz.

»Ich würde dich gerne zu etwas einladen. Als Dankeschön, sozusagen«, überlege ich schnell und grüble, ob es hier überhaupt eine Eisdiele oder ein Café in der Nähe gibt. Wir sind ja schließlich nicht mehr in der Stadt. Ob die Schule einen Kiosk hat?

»Das ist nett, danke.« Lil strahlt und ich blicke mich ein wenig desorientiert um.

»Allerdings habe ich gar keine Ahnung, wo die Mensa ist.«

Lil hakt sich bei mir ein und verkündet: »Ich bin für die nächste Zeit deine ganz persönliche Führerin.«

»Vorsicht! Ich nehme dich beim Wort«, gebe ich vergnügt zurück.

»Ich bestehe darauf«, erwidert Lil und schiebt sich ihre Brille höher auf die Nasenwurzel. Ich schaue noch mal zu dem Jungen, der Julian heißt, und lasse mich dann von Lil aus dem Klassenraum führen.

Die Schule ist riesig und ich versuche, mir in Gedanken eine Skizze mit Anhaltspunkten anzulegen. Vom Klassenraum nach rechts, am Feuermelder nach links und zwei Stockwerke nach unten. Danach bei der Infotafel vorbei, an der dritten Spind-Reihe links und zwei Türen weiter noch mal links. Dann sind wir in der Mensa. Ich überlege, ob es Sinn macht, mir ein Schild um den Hals zu hängen: Lu, 6b Raum 22. Nur so für den Fall, dass ich mich verlaufe und darüber meinen Verstand und das Sprachvermögen verliere.

Es klingelt viermal laut hintereinander. Stundenbeginn. Mist! Und ich sitze noch auf dem Klo fest. Schnell ziehe ich mir die Hose hoch, mache sie zu und stürme aus der Kabine und zum Waschbecken. Hoffentlich warten Lil und die anderen auf mich, sonst bin ich in diesem Schullabyrinth hoffnungslos verloren.

Ich drehe gerade den Wasserhahn auf und erschrecke, als mich ein Schwall kaltes Nass voll erwischt, da geht die Tür zu den Toiletten auf. Ein riesiges Mädchen mit einer Frisur, die eher nach einer Kopfexplosion aussieht, kommt herein. Mürrisch sieht sie mich an und streicht sich die Haare etwas nach hinten. Ich versuche zu lächeln.

»Ist schon Unterrichtsbeginn, stimmt's?«, sage ich und trockne meine Hände. »Bin auch spät dran. Ich glaube, wir haben gleich Musik, aber ich weiß nicht, wo der Raum ist«, plaudere ich weiter.

Das Mädchen hebt eine viel zu dünne Augenbraue und sieht mich mit einer Mischung aus Erstaunen und Zorn an.

»Bist du irre?«, fragt sie.

»Nein, Lu. Lucinda Wolff. Und du?«

»Halt die Fresse, du Dumpfbacke«, zischt sie. Irritiert sehe ich sie an. Was hat die denn für ein Problem?

»Okay, ich sag ja schon nichts mehr«, flüstere ich eingeschüchtert.

»Was interessiert mich das denn, ob der Unterricht losgeht?«, fragt sie jetzt und versperrt mir den Weg.

Mir bleibt die Spucke weg.

»O-okay.« Ich runzle die Stirn. Meine Güte. Vielleicht geht es dem Mädchen mit der Wolkenfrisur nicht gut? »Brauchst du Hilfe?«, frage ich und bekomme zur Antwort ein Lachen.

»Sag mal, hattest du einen Clown zum Frühstück?«, stellt sie die Gegenfrage und ich beginne, mich über sie zu ärgern. Was hatte ich ihr denn getan, dass sie so fies zu mir ist? Ich verschränke die Arme schützend vor meiner Brust.

»Ja, genau. Und weißt du was? Er hat komisch geschmeckt. Ich geh dann jetzt mal in den Unterricht«, sage ich und will mich an ihr vorbeidrücken.

Blitzschnell stellt sie sich in meinen Weg. Ihre Augen funkeln böse. Ich muss meinen Kopf in den Nacken legen, um ihr ins Gesicht zu sehen. Mann, warum ist die denn so groß? Sie muss mindestens in der achtzehnten Klasse sein.

»Vielleicht solltest du warten, bis ich hier fertig bin«, schlägt sie vor.

»Wieso das denn?«, frage ich dümmlich.

»Na, weil es mir gefällt, wenn du zu spät kommst.«

Ich blinzle verwirrt. Das muss ein Scherz sein. Dann versuche ich ihren Arm, der mich von meinem Weg nach draußen trennt, runterzudrücken.

»Komm schon. Was hast du davon? Ich bin neu hier und hab keinen Bock auf Ärger«, versuche ich zu erklären.

»Nein? Das ist aber schade, denn den hast du bereits«, sagt das Mädchen ruhig.

Meine Gedanken verheddern sich in meinem Gehirn. Was will die denn nur von mir?

»Gut, dann warte ich eben«, erwidere ich und trete vorsichtig einen Schritt zurück. Das grimmige Mädchen mustert mich weiter.

»Hübsche Locken hast du«, sagt sie nach einer Weile.

Ich denke darüber nach, ihr auch ein Kompliment zu machen, aber mir fällt nichts ein. Hübsche Wut, die du so versprühst, vielleicht?

»Danke«, gebe ich daher unsicher zurück. Das Mädchen beginnt, ihre Hände zu waschen. Unendlich langsam. Ich höre fast die Sekunden ablaufen und mit jedem Ticken stelle ich mir vor, wie ich die leeren Gänge der Schule entlanghetze und nicht weiß, wo ich hinsoll. Mist!

»Wirklich schöne Haare«, sagt das Mädchen wieder und lächelt dabei eisig. »Die machen sich bestimmt noch besser mit einer ordentlichen Spülung in der Kloschüssel, meinst du nicht auch?«

Was!? Das kann jetzt aber wirklich nicht ihr Ernst sein, oder doch? Mir rutscht mein unsicheres Grinsen aus dem Gesicht.

Oh, oh! Ich knalle mit dem Rücken gegen die Wand, als das Mädchen auf mich zukommt. In meinem Magen kribbelt es total. Wo sind die Stacheln, wenn man sie braucht?

»Nein, nein, nein. Lass mal gut sein, ja?« Ich hebe abwehrend die Hände.

»Wieso? Das wird lustig«, zwitschert sie jetzt vergnügt.

»Mann, lass mich gefälligst in Ruhe!«, kreische ich.

Sie greift nach meiner Hand und ich überlege, ob ich ihr einmal so richtig gegen ihr Schienbein treten soll. Der Gedanke, kopfüber in der Kloschüssel zu stecken, macht mir wirklich Angst. Nicht nur wegen der Krokodile, die dort drinnen lauern könnten. Sondern auch wegen der Bakterien, von denen man furchtbaren Brechdurchfall oder sonst was Schreckliches bekommen könnte. Ich hole mit dem Bein aus – und die Tür fliegt auf.

Das Bärenmädchen sieht sich um und lässt mich los, als hätte sie sich an mir verbrannt.

»Isa, was ist hier los?«, höre ich Frau Neiß abschätzig fragen.

Ich lasse die angestaute Luft aus meiner Lunge weichen und erkenne hinter der Lehrerin Lil, die mich besorgt mustert.

»Tu-tu-tut mir leid, Frau Neiß. Ich hatte ein Problem mit meinem Reißverschluss und habe das ...«, in meinem Kopf schwirrt das Wort Monster herum, »… Isa gebeten, mir zu helfen. Deshalb sind wir so spät dran«, erkläre ich und drücke mich an dem Montermädchen vorbei. Sie sieht mich dümmlich an, als könne sie nicht fassen, was ich da sage. Als hätte ich sie gerade beleidigt, oder so. Völlig verdreht.

»Gut, das ist …« Frau Neiß macht eine Pause. »… freundlich. Dann alle schnell in die Klassenräume, bitte.«

Ihr Blick wandert misstrauisch von mir zu Isa. Ich sehe zu, dass ich hier rauskomme, und greife dabei Hilfe suchend nach Lils Hand. Wir traben den Flur entlang und meine Retterin beäugt mich von der Seite.

»Schön, an dir ist noch alles dran«, stellt sie fest und rückt ihre Brille zurecht. »Ich dachte mir, ich hole lieber Hilfe. Als ich gesehen habe, wie Isa aufs Klo gegangen ist und du einfach nicht wiederkamst …« Lil verstummt kurz. »Ich wusste nicht, ob du klug genug bist, um dich einzuschließen, bis Isa wieder weg ist.« Lil grinst breiter.

»Woher hätte ich wissen sollen, dass das nötig sein könnte?«, frage ich ein bisschen fassungslos.

»Ja, das war dann mein nächster Gedanke. Du hast Isa ja noch nicht in Aktion erlebt.«

»Warum lässt man die denn frei herumlaufen? Die wollte mich im Klo ertränken!« Jetzt bin ich richtig sauer auf dieses fiese Mädchen.

»Warum hast du das Frau Neiß nicht gesagt?«, will Lil wissen und bleibt stehen.

»Weiß nicht«, knurre ich. »Das frag ich mich auch die ganze Zeit.«

Manche Dinge im Leben erschließen sich erst sehr viel später, sagt Mama immer. Manchmal weiß man nicht, wozu sie gut sind und warum sie geschehen. Aber oft trifft man intuitiv, also aus dem Bauch heraus, eine Entscheidung, die sich später als

richtig herausstellt. Ich frage mich, ob eine Intuition kaputtgehen kann?

»Na ja, vielleicht besser so. So hat Isa es nicht die ganze nächste Woche auf dich abgesehen.« Mit ernster Miene sieht Lil mich an. »Glaub mir, mit Isa will man möglichst wenig zu tun haben. Sie ist sehr, sehr … creepy.«

»Böse«, sage ich. »Du meinst böse.«

»Kann sein«, erwidert Lil und zieht mich weiter den Gang entlang. Meine Beine fühlen sich immer noch wackelig an.

»Hast du ihre Frisur gesehen?«, frage ich jetzt spöttisch. »Wie ein unter Strom gesetzter Orang-Utan.«

Lil lacht glockenklar auf. »Ja, Isa hat einen seltsamen Geschmack, was ihr Styling angeht. Für die roten Haare kann sie ja nichts.«

Wir betreten den Musikraum und alle Köpfe drehen sich zu uns. Mir schießt das Blut in die Wangen.

»Tomate!«, schallt es aus der ersten Reihe.

»Wo seid ihr denn so lange gewesen?«, fragt der Lehrer ärgerlich und stemmt dabei die Fäuste in die Seite.

»Ähm, ich saß in der Toilette fest«, erkläre ich.

Alle lachen brüllend los.

»So war das nicht gemeint!«, rufe ich und spüre, wie ich noch röter werde. Mann, holt mal eure Gedanken aus der Gosse, ist ja eklig, denke ich.

»Ruhe hier!«, fordert der Lehrer laut und knallt ein Buch auf den Tisch. Dann ist es mucksmäuschenstill. Bücher haben heute eindeutig zu viel Macht.

»Ich hatte eine Auseinandersetzung mit einem Mädchen und das hat leider etwas gedauert. Und Lil war so nett und hat mir geholfen«, hole ich etwas aus.

Der Lehrer sieht trotzdem nicht zufrieden aus.

»Isa«, sagt Lil knapp und setzt sich an ihren Tisch.

Ich ziehe einen Stuhl zu ihr heran. Blitzschnell, als sich der Lehrer gerade umdreht, taucht Tara neben mir auf und nimmt den freien Platz ein.

»Und du hast es überlebt?«, fragt sie neugierig. »Das ist doch schon mal gut. Heute ist anscheinend dein Glückstag«, scherzt sie vergnügt. »Es gibt viele, die sind nicht so glimpflich davongekommen. Kannst du mir glauben.«

Mir ist jetzt gerade gar nicht mehr so sehr zum Scherzen. Ich lasse meinen Blick durch den Raum wandern. Der Musiklehrer verteilt Arbeitsblätter.

»Über Isa kann man hier Geschichten erzählen …«, meint Tara.

Julian winkt mir vom hinteren Teil des Raumes zu und ich winke zögerlich zurück. »Okay, ich weiß dann ja erst mal Bescheid.«

»Erzähl doch mal. Was hat sie denn gemacht?« In Taras grünen Augen blitzt es interessiert auf.

»Später«, sage ich knapp und erhasche einen missbilligenden Blick vom Lehrer, der sich jetzt ans Klavier setzt.

Mama holt mich auf dem Busbahnhof vor der Schule ab. Sie wedelt schon von Weitem mit den Armen, als könnte ich sie in ihrem quietschgelben Pullover und der unordentlichen Frisur an der Telefonzelle übersehen.

»Huhu!«, ruft sie und ich blicke mich über die Schulter um. Hoffentlich sieht das jetzt keiner. Mama benimmt sich manchmal wie ein aufgescheuchtes Huhn. Da bekommt das Wort Glucke eine ganz neue Bedeutung. »Da ist meine Große ja«, sagt sie stolz und drückt mich zu fest an sich.

»Ja, hier bin ich«, flüstere ich und grinse gequält. Rechts neben uns höre ich das Kichern einer Gruppe Achtklässler, die an uns vorbeigeht. Oh, Gott, wie peinlich. Ungelenk mache ich mich von Mama frei.

»Wollen wir los?«, fragt Mama fröhlich.

»Klar, ich habe einen Mordshunger«, sage ich und lasse mich von ihr an die Hand nehmen wie ein Grundschulkind. Was soll ich machen? Mama braucht das halt. Ich seufze.

»Wie war dein Tag?«, fragt sie.

»Äh … interessant«, sage ich zögerlich und versuche den Schultag für mich zusammenzufassen. Zwei-Nahtod-Erfahrungen. Einmal durch mögliches Ertrinken und zweitens durch ein fliegendes Buch, das mich hätte erschlagen können.

»Interessant? Das hört sich jetzt nicht gerade toll an.« Mama runzelt die Stirn.

Oh, nein. Wenn es blöd läuft, löchert sie mich jetzt den ganzen restlichen Tag.

Ich räuspere mich. »Ich habe viele Leute kennengelernt.« Auch Isa, setze ich in Gedanken hinzu. »Die meisten sind supernett und ich glaube, ich habe schon eine Freundin.«

»Das ist prima, mein Schätzchen!« Mama strahlt. Ach, kann man sie leicht glücklich machen.

»Ja, Lil heißt sie und ich glaube, sie ist Chinesin.«

»Ach, dann haben ihre Eltern sehr wahrscheinlich das Restaurant an der Ecke.«

Ich nicke. Irgend so was hatte ich aufgeschnappt.

»Und sonst, wie war der Vormittag so?«

»Erfolgreich!« Ja, ich konnte erfolgreich mehreren Attentaten entgehen. Jetzt muss ich nur noch herausfinden, wie ich ihnen ganz und gar aus dem Weg gehen kann.

Mama schwatzt fröhlich vor sich hin, während wir nach Hause fahren. Ich schaue aus dem Fenster und sauge die neue Umgebung in mich auf. Die Häuser sind alle sehr viel kleiner als in der Stadt und werden immer mal wieder von Wiesen und Feldern voneinander getrennt.

»Schau mal, die Eisdiele. Die gibt es schon ewig. Da bin ich immer mit Oma Eisessen gegangen. Und dort …«, Mama zeigt nach links, »… bei dem Bäcker hat Oma einmal gearbeitet und sonntags immer frischen Bienenstich mitgebracht.«

Mein Magen knurrt bei dem Gedanken an Kuchen. Ich liebe Muffins. Nichts an einem schlechten Tag kann mir den Appetit darauf nehmen.

»Was gibt's heute zu essen?«, frage ich und beobachte die Leute auf den Bürgersteigen. Ist das Julian, der dort auf dem Fahrrad radelt? Ich drehe mich um, als wir vorbeifahren, und klebe an der Fensterscheibe. Dann winkt er, als er mich erkennt. Schnell lasse ich mich wieder in den Sitz fallen und entschließe mich viel zu spät, zurückzuwinken.

»Kanntest du den Jungen?«, fragt Mama neugierig.

»Ist aus meiner Klasse. Julian.«

»Julian Lukas?«

»Ich denke schon«, überlege ich. Nachnamen vergesse ich sehr schnell. Sie sind ja auch überhaupt nicht wichtig. Interessanter sind dann schon wieder Spitznamen. Die sagen viel mehr über jemanden aus, finde ich. Zum Beispiel Hugo aus meiner alten Schule wurde immer Spider genannt, weil er enorm gut klettern konnte.

Mama lächelt. »Ich kenne seine Eltern. Seine Mutter und er wohnen in dem Ort, in dem Jo seinen Hof hat.«

Oh, toll.

»Und schau mal. Dort ist jetzt ein Buchladen. Da war früher der alte Tante-Emma-Laden, in dem Oma mir immer Sahnebonbons gekauft hat. Aber nur im Winter. Im Sommer sind die immer ganz klebrig geworden«, plappert sie weiter. »Eklig, sag ich dir. Ich hatte mal eins in den Haaren und musste eine ganze Locke herausschneiden. Oma war sauer und ich hatte eine ziemlich seltsame Frisur.« Jetzt grinst sie zu mir herüber und in meinem Magen macht sich ein unruhiges Gefühl breit. Schräge Frisur. Das erinnert mich unweigerlich an die Monster-Isa, Kloschüsseln und Krokodile.

»Also, was gibt es zu essen?«, frage ich noch mal nach.

»Spaghetti.«

»Ah, Mama, du bist die Beste!«

»Ich weiß«, sagt sie und reckt ihr Kinn stolz vor, während sie viel zu flott abbiegt. »Aber sag's nicht weiter, okay?«

»Natürlich nicht«, scherze ich zurück.

Endlich fahren wir auf die lange Hofeinfahrt. Herbert sitzt auf seinem Misthaufen und glotzt komisch dem Wagen nach.

»Der Gockel ist morgens ganz schön früh dran, oder?«, fragt Mama etwas mitleidig und macht eine Schnute, wie ich, als ich vier war und schmollte.

»Das kann man wohl sagen«, presse ich zwischen zusammengebissenen Zähnen hervor und beobachte den Hahn, wie er würdevoll mit seinem Hühner-Gefolge auf dem Mist herumstolziert. Plötzlich ist da wieder dieser Mordgedanke.

»Ich habe es als Kind auch immer gehasst, so früh von Herbert geweckt zu werden«, sagt Mama.

Ich hebe eine Augenbraue. Was will sie mir denn jetzt erzählen? Herbert kann unmöglich so alt sein. Gut, alt ist er. Sein

Gefieder ist dünn und spärlich und er ist auch nicht mehr besonders schnell. Ich glaube, er sieht auch nicht mehr besonders gut, der alte Herbert. Denn jetzt jagt er eine Henne und läuft anschließend gegen ein Brett, das angelehnt an der Stallwand steht.

»Guck nicht wie ein Auto kurz vorm Hupen!«, sagt Mama laut, als ich sie weiter fragend ansehe.

»Wir hatten immer Hühner und auch einen Hahn. Und die Gockel hießen alle Herbert«, erklärt Mama.

Na, das nenne ich mal Einfallsreichtum. »Wie originell«, sage ich kichernd.

Mama bremst etwas zu abrupt und ich stoße mir den Kopf an der Seitenscheibe. »Aua, Mann!«, fluche ich.

»Entschuldige. Bin von der Kupplung abgerutscht«, sagt Mama. Das kenn ich von ihr. Das passiert ihr öfter mal. Das letzte Mal im Stau auf der Autobahn. Da hat der Wagen so einen großen Sprung gemacht, dass er dem nächsten Fahrzeug hinten reingekracht ist. Das muss ihr erst mal jemand nachmachen. Ohne wirklich zu fahren, jemandem ins Auto zu knallen. Enorm. Ich schüttle den Kopf und steige aus, als der Wagen steht.

Oma Käthe winkt am Fenster. Sie ist total schwarz angezogen und hat ihr silbriges Haar unter einem Kopftuch versteckt. Sie sieht fast aus wie eine Zigeunerin oder Wahrsagerin aus dem Zirkus. Ich hebe zögerlich die Hand zum Gruß. Hoffentlich kommt sie jetzt nicht raus und will quatschen. Jetzt gerade ist sie mir einmal mehr zu unheimlich. Und außerdem brauche ich ganz dringend Nahrung.

Schnell flitze ich zur Tür unserer Wohnung. Mein Magen

knurrt, als ich das Essen rieche. Mit einer schnellen Bewegung schleudere ich meine Tasche in die Ecke, werfe meine Jacke auf die Garderobe, die natürlich wieder runterfällt, und gehe zur Küche. Dann bleibe ich wie angewurzelt stehen.

»Hey, da seid ihr ja endlich«, begrüßt mich Jo und nimmt den Kochtopf vom Herd.

Oh, Mann. Kann mich mal jemand von meinem Elend erlösen? Was will der denn jetzt schon wieder hier?

»Prinzessin, kannst du noch mal Besteck holen?«, fragt er nett. »Es gibt Spaghetti à la Jo.«

Ich verkneife mir das Murren und beginne, brav aufzudecken.

»Hallo, mein Schatz«, sagt Mama zum Bauern und ich überlege, ihm die kleine Kaktee Louise auf seinen Stuhl zu setzen. Das würde aber bedeuten, sie zu opfern. Das geht natürlich nicht! Ich seufze und versuche, das Knutschen zu überhören.

»Ich werde es einfach ignorieren«, denke ich laut.

»Was ignorierst du?«, fragt Mama.

»Euer Gesabber«, sage ich knapp.

»Oh, deine Tochter ist wieder sehr charmant«, stellt Jo fest.

»Das liegt in der Familie«, erkläre ich schnell und knalle die Gabeln und Löffel laut auf den Tisch.

Und du gehörst nicht dazu, denke ich. Diesmal nicht laut.

Geräuschvoll setze ich mich und schaufle mir die Nudeln auf den Teller.

»Magst du denn heute mal mitkommen zum Hof? Ich könnte dir die Tiere zeigen«, schlägt Jo vor.

»Nee, lass mal.«

»Schade.«

Ich schnappe nach Luft, als ich bemerke, wie scharf die Soße ist. »Ahh, was hast du da reingemacht?«, frage ich zwischen zwei Atemzügen.

Mama steht auf und holt sich etwas zu trinken.

»Wieso?«, fragt Jo stirnrunzelnd und probiert sein Meisterwerk der Kochkunst.

»Oje, das rote Pulver ist doch Paprika, oder?«, fragt er an Mama gewandt.

»Nein, Cayenne Pfeffer«, erklärt Mama und hustet.

»Mist!«

»Na, das kann man wohl sagen.«

»Wer lesen kann, ist klar im Vorteil«, scherzt Mama und bekommt einen Topflappen zugeworfen. Sie lacht und isst tapfer weiter. »Scharfes Essen ist gesund, gut für die Fettverbrennung.«

»Ach wirklich?«, fragt Jo und zwinkert mir zu.

»Hast du mich gerade fett genannt?«, frage ich entsetzt.

»Nein, so ein Quatsch!«, protestiert er und zeigt an sich und seinem Bauch hinunter.

Ich recke mein Kinn kämpferisch vor.

»Du bist aber auch etwas empfindlich, Prinzessin«, meint er unschuldig.

Ich stehe stumpf auf und kratze die Soße von meinem Teller. Wie ich es hasse, wenn er mich so nennt. Oder Kullerkeks.

»Ich esse nur Nudeln«, verkünde ich.

»Wenn du meinst.«

»Ja, meine ich!« Ich funkle Jo böse an.

»Wir haben auch Ketchup im Kühlschrank«, gibt er zu bedenken.

»Danke, aber nein danke.«

Ich hole tief Luft, um dieses Mal den Ton zu halten, und ermahne mich: Nicht die Backen aufblähen, gleichmäßig blasen. Der Ton ist satt und hell. Ich bin so richtig zufrieden. Aber plötzlich steht jemand hinter mir. Ich zucke zusammen und lasse fast meine Trompete fallen.

»Huch, hab ich dich erschreckt?«, fragt Oma Käthe lächelnd. »Ich wollte nur mal schauen, ob bei dir alles in Ordnung ist, jetzt wo deine Mama bei der Arbeit ist und du hier ganz alleine im neuen Zuhause.«

»Was soll denn nicht in Ordnung sein?«, frage ich, als ich meine Sprache nach dem Schrecken wiedergefunden habe. »Ich übe, hab gleich noch Unterricht.«

Dann will ich wieder in das Instrument blasen, aber Oma schiebt es mir vom Mund und ich puste daneben, was sich wie ein furzender Elefant anhört.

»Ach, stimmt ja. Du siehst allerdings etwas müde aus, mein Herzchen.« Oma schaut sich in meinem Zimmer um und beginnt dann mein Bett zu machen. Dabei schüttelt sie meine Decke so stark aus, dass sie fast meinen Sigi, einen ziemlich großen Silberkerzen-Kaktus, vom Tisch fegt.

»Oma, pass auf«, stoße ich aus und eile zu der Pflanze und rücke ihn zu seinem Schutz näher an die Wand.

»Oha, das wollte ich nicht«, entschuldigt sich Oma und faltet die Decke. »Weißt du eigentlich, warum diese Kakteenart Silberkerze heißt?«, fragt sie mich. Ich deute ein Kopfschütteln an.

»Damals in der Wüste verirrte sich ein Prinz und er war kurz vor dem Verdursten«, beginnt Oma. »Niemand kreuzte seinen Weg und er jagte Trugbildern von Oasen nach, wo keine waren. Kurz bevor der Tod ihn holen konnte, wurden einige Kakteen auf den Prinzen aufmerksam. Der Prinz bat sie um Hilfe und bot ihnen sein Silber an, doch was sollten Kakteen mit den Münzen anfangen? Sie waren ja schließlich nur Pflanzen, die sich nichts dafür kaufen konnten. Der Mann weinte bitterlich. Die Qualen waren schlimm, da opferte sich eine von ihnen und spendete ihr Wasser, das sie über so lange Zeit gespeichert hatte. Diese kleine Pflanze rettete dem Prinzen das Leben und von da an waren alle Nachfahren dieses kleinen Kaktus in Silber gehüllt.«

»Das ist eine schöne Geschichte«, stelle ich fest und setze mich aufs Bett. Oma schüttelt mein Kissen auf und ich lasse meine Finger über das kühle Metall meines Instrumentes fahren.

»Du solltest dich etwas ausruhen«, meint Oma erneut.

»Ich bin nicht müde«, sage ich, nehme meine Trompete und hole erneut Luft.

»Doch, ich glaube schon«, sagt sie streng. Hoppla.

Ich runzle die Stirn.

»Vielleicht solltest du einen Mittagsschlaf machen. Du übst ja schon eine ganze Weile, gell?« Sie versucht zu lächeln.

»Ich bin keine drei mehr«, erinnere ich sie.

»Na, gut. Ich habe Eis im Tiefkühler. Magst du eins?«, fragt Oma jetzt. Etwas in ihrem Blick kommt mir komisch vor, doch ich bin begeistert von der Idee, ein Eis zu essen.

»Klar!«, jauchze ich also und Oma klatscht in die Hände.

»Na, dann wollen wir mal«, sagt sie, winkt mich zu sich und nimmt mir mein Instrument aus der Hand. »Aber lass die Tröte einfach hier oben, ja?«, meint sie und ich mach eine Vollbremsung. Moment mal!

»Ist dir mein Instrument etwa zu laut, Oma?«, frage ich und warte geduldig, bis sie antwortet. »Mama hat gesagt, es ist für dich in Ordnung, wenn ich übe. Sie hat gesagt, dass deine Wohnung so dicke Wände hat, dass es dich nicht stören kann.«

Jetzt lacht Oma heiser, während sie in den Flur geht und ich ihr folge. »Zu manchen Zeiten sollte man keine bösen Geister heraufbeschwören«, nuschelt sie vor sich hin.

»Also, stört es dich«, stelle ich fest. Moment. Was für böse Geister?

»Nein, ich finde es wunderbar, dass du ein Instrument lernst, Lucinda«, sagt Oma und dreht sich zu mir um, während sie die Treppe runtergeht. »Es ist toll, dass du so was kannst.«

»Aber du würdest es noch besser finden, wenn ich die Trompete nicht zu Hause üben würde, stimmt's?«, frage ich etwas forscher.

»Papperlapapp! Nur zu bestimmten Zeiten nicht«, sagt sie und winkt ab. Sie öffnet die alte Holztür, hinter der die Treppe in den Keller liegt. Das Licht einer einzelnen Glühbirne flammt ganz unten auf und Oma steigt hinab.

Ich bleibe oben stehen. Der Eisschrank summt bedrohlich in seiner Ecke, als Oma ihn aufmacht. Dann kommt sie wieder herauf und hält mir ein Eis vor die Nase. Im selben Moment vergesse ich die bösen Geister. Und das Tor zur Unterwelt.

»Du weißt aber schon, dass ich regelmäßig üben muss?«, frage ich noch mal vorsichtig nach, während Oma und ich in ihre Küche gehen.

»Ich bin optimistisch, dass wir eine Regelung finden.«

Optimismus ist gut.

»Wie läuft es mit dir und Mamas Freund?«, will Oma wissen.

Argh. Falsche Frage.

»Läuft«, sage ich knapp und stopfe mir das Eis in den Mund. Rückwärts und bergab, aber läuft, denke ich.

»Du musst deiner Mama das Glück gönnen, mein Engel«, meint Oma und sieht mich besorgt an.

Vom Eis bekomme ich Gehirnfrost und die Schmerzen zwingen mich, mein Gesicht zu verziehen.

»Mach ich doch«, sage ich schnell und Oma glaubt mir nicht.

Vier Uhr am Nachmittag ist durch. Julian, Emma und ich warten auf Herrn Grünkol, den Trompetenlehrer.

»Kommt der immer so spät?«, frage ich genervt und zupfe an Papas alten Hosenträgern, die ich jetzt über meinem Micky-Maus-Hemd trage. So fühle ich mich ihm näher, wenn er so

lange weg ist. »Ich will pünktlich wieder zu Hause sein. Sonst macht Mama sich immer total Sorgen«.

»Nee, eigentlich nicht«, sagt Julian und zuckt mit den Achseln. Dann setzt er sein Instrument an und spielt eine Melodie, die ich mit Sicherheit nicht können würde, weil ich die hohen Töne noch nicht hinbekomme. Wahnsinn! Ich glaube, mir bleibt der Mund offen stehen. Er kann also nicht nur Bücher werfen.

»Julian ist schon viel weiter als ich«, schwärmt Emma hinter mir und himmelt ihn viel zu offensichtlich an.

Ich glaube, Julian weiß, dass wir ihn gerade bewundern, denn er gibt ein richtiges kleines Konzert für uns.

Angeber, denke ich, muss aber trotzdem lächeln.

Plötzlich geht die Tür zum Unterrichtsraum auf und Julian vermasselt den Ton. Er hört sich an wie ein erschrockenes Tier und ich muss lachen. Emma stößt mich an und grinst breit.

Eine ältere Frau mit weißen Haaren und einer Bluse, die aussieht, als wäre sie hundert Jahre alt, steckt ihren Kopf herein.

»Kinder, Herr Grünkol wird heute nicht mehr kommen. Er hatte eine Panne auf der Autobahn. Das kann dauern«, sagt sie eilig und streicht sich dabei hektisch eine Locke aus dem faltigen Gesicht.

»Wer ist das?«, frage ich leise.

»Das ist die Schulsekretärin Frau Ditrich«, flüstert Emma.

»Na gut. Dann können wir ja nach Hause, oder?«, fragt Julian in die Runde. Die Frau sagt nichts mehr und verschwindet genauso schnell, wie sie gekommen war. Einfach so. Ohne uns Anweisungen zu geben.

»Dann bin ich den ganzen Weg umsonst hierhergeradelt?«, schimpfe ich und packe mein Instrument wieder ein.

Emma stürzt schon freudig zu der Tür und ist bald darauf verschwunden.

»Wir können doch noch zusammen zum Bäcker. Da gibt es Süßes und Saures«, schlägt Julian vor. »Ich lade dich auch ein. Quasi als Wiedergutmachung, weil ich dich mit dem Buch fast getroffen hätte.« Er legt seinen Kopf schief und sieht irgendwie ziemlich süß dabei aus.

Ich verscheuche den Gedanken ganz schnell wieder. Kein Junge auf der Welt ist jemals süß! Im Grunde sind sie alle ziemlich anstrengend.

»Na gut. Gerne«, höre ich mich selbst sagen, bevor mein Hirn protestieren kann.

»Find ich super, dass du mitkommst«, freut er sich und ich frage mich, wie das eigentlich mit der Liebe so läuft? Mama sagt immer, wenn die Chemie stimmt, stimmt auch die Reaktion.

»Ich find dich echt nett«, sagt Julian.

»Wirklich?«, sage ich dümmlich und ärgere mich über mich selbst.

Wir trotten einen Moment stumm nebeneinanderher. Die Stille ist unangenehm.

»Du kommst aus der Stadt, oder?«, fragt er endlich und ich bin froh, dass ich antworten kann.

»Ja, meine Mutter hat sich von meinem Vater getrennt«, antworte ich gedehnt.

»Das kenn ich. Nur dass es bei uns genau andersherum war.

Mein Vater hat irgendwann beschlossen, dass er wegmuss. Einfach so.«

»Oh.« Ich räuspere mich verlegen. »Dann weißt du ja, wie das ist, wenn sich dein ganzes Leben plötzlich ändert.«

Julian nickt und lächelt ein wenig verlegen. »Es ist aber nicht so schlimm. Wir sind in unserem Haus wohnen geblieben. Das Einzige, was anders ist, ist dass mein Vater nicht mehr bei uns lebt. Aber er war auch vorher fast nie da.«

»Meine Mutter hat einen neuen Freund«, sage ich gequält und sehe dabei bestimmt wie ein geprügelter Hund aus.

Julian grinst jetzt breit. »Ich weiß. Das ist Thema im ganzen Dorf.«

»Was?!«, frage ich entsetzt und stolpere fast über meine eigenen Füße.

Julian macht ein betroffenes Gesicht. »Nein, nein. Sie reden natürlich nicht böse oder so.« Er überlegt kurz, während wir das Gebäude der Musikschule verlassen und auf den Pausenhof treten. »Jo ist im ganzen Ort bekannt. Meine Mutter und ich kennen ihn auch schon eine halbe Ewigkeit, weißt du? Soweit ich weiß, mögen ihn alle im Dorf. Und die Leute sind neugierig auf deine Mutter.«

»Ach so.« Ich bin mir nicht sicher, ob mich das jetzt beruhigt.

»Und du? Wie findest du Jo?«, will er allen Ernstes wissen. Ebenso gut könnte er mich fragen, wie ich eine Grippe finde.

»Wunderbar.« Wenn er mir vom Hals bleibt, füge ich in Gedanken hinzu.

»Er ist, glaub ich, echt nett«, sagt Julian.

»Nett ist auch die kleine Schwester von Scheiße, heißt es.«

Julian lacht. »Was?«

»Nur so eine Redewendung.«

Er zieht die Augenbrauen hoch.

»Du weißt schon, was eine Redewendung ist, oder?«, überlege ich laut.

»Willst du mich beleidigen?« Gespielt entsetzt knufft er mich in den Arm.

»Nein, das würde mir nie einfallen.« Nicht einen Jungen mit so hübschen haselnussbraunen Augen, denke ich.

Der Bäcker kommt in Sichtweite. »Meine Mutter hatte auch einmal einen Freund«, erzählt Julian nachdenklich.

Hatte? »Wie bist du ihn wieder losgeworden?« Das interessiert mich jetzt schon.

»Sie ist ihn selber losgeworden. Es hat einfach nicht geklappt mit den beiden.«

»Warum nicht?«, frage ich, während Julian mir die Tür zum Bäcker aufhält. Ein Glöckchen über der Tür kündigt uns an.

»Weiß nicht genau. Mama meint, der Typ, Stefan, war nicht reif genug.«

»Reif wie eine Frucht?« Ich runzle die Stirn. Was soll das denn bedeuten?

Julian erzählt weiter. »Und dann haben sie sich immer weniger gesehen und irgendwann kam der gar nicht mehr.«

»Ist doch gut.«

»Ja, irgendwie schon. Ich konnte den Typen nicht ausstehen.«

»Das kenn ich«, seufze ich.

»Was darf es sein?«, fragt plötzlich die Bäckereiverkäuferin und erinnert mich daran, wo wir sind.

»Magst du Lakritze? Oder willst du lieber ein Schokobrötchen?« Julian wühlt in seinem Portemonnaie.

»Schoko.« Mein Blick fällt kurz auf meinen kleinen Bauchansatz. Eigentlich möchte ich, dass er verschwindet. Dafür müsste ich weniger Schokolade essen.

Aber die Frage ist doch, kann man ohne eigentlich überleben? Und viel wichtiger: Ist das Leben dann noch lebenswert?

»Zwei Schokobrötchen bitte«, bestellt Julian.

Als wir hinausgehen, stoße ich fast mit einem Mädchen zusammen. Beim Blick in ihre grünen funkelnden Augen erkenne ich sie. Erstaunt hebt Tara die Augenbrauen, als sie Julian neben mir entdeckt.

»Hi, was macht ihr zwei denn hier?«, will sie zuckersüß lächelnd wissen und bleibt stehen.

»Musikunterricht fällt aus und wir essen gleich ein Brötchen, Blödchen«, singt Julian und schwenkt die Tüte vor ihrer Nase, während er weitergeht. »Was denkst du denn, was man sonst beim Bäcker macht?«

Tara verengt ihre Augen. »Man kann auch eine Zeitung beim Bäcker kaufen«, gibt sie zu bedenken und bohrt mit der Fußspitze im Boden herum.

Julian schiebt sich an mir vorbei und Tara steht mir immer noch im Weg. Dann guckt sie mich an. »Schön, dich zu treffen, Lu. Ich wollte fragen, ob wir uns für morgen verabreden wollen?«

»Klar, wieso nicht?«, sage ich zu schnell.

»Schön, soll ich gleich nach der Schule mit zu dir kommen?«

»Gute Idee«, stimme ich zu.

»Ich freu mich. Wird bestimmt lustig«, meint Tara. Da kann sie von ausgehen, wenn der Blödmann Jo wieder kocht.

Ich verabschiede mich knapp und eile Julian nach.

Wir sitzen noch eine ganze Zeit auf einer Mauer am Ende der Straße und mampfen unsere Brötchen. Julian ist echt in Ordnung. Er versteht sehr gut, wie es mir im Augenblick geht.

»Weißt du, es ist einfach total beschissen, wenn meine Mama die ganze Zeit wie ein liebeskranker Dackel an diesem Typen hängt. Davon bekomme ich Pickel, das schwör ich.«

»Kann ich verstehen.« Julian zuckt wieder mit den Achseln und lacht heiser. Mir fällt auf, dass er das häufig tut. Und dass er auffällig häufig seine Hand auf meine legt.

»Trotzdem ist Jo eigentlich in Ordnung, denke ich«, meint er nach einer meiner Wuttiraden über ihn.

»Denkst du das?«, frage ich und meine Stimme überschlägt sich dabei. »Du hast ja keine Ahnung. Der ist viel zu jung für meine Mutter. Jo ist noch ein Tween. Gerade einmal fünfundzwanzig oder so. Und meine Mama ist zweiunddreißig und somit viel älter. Das ist doch nicht normal. Ich muss diesen Typen loswerden. Man weiß doch, wie so was endet«, kreische ich fast.

»Nee, wie endet das denn?«, will Julian wissen.

»Na, dramatisch halt. Ich habe gehört, wie eine Freundin zu meiner Mutter gesagt hat: Der junge Typ verlässt dich später für eine Jüngere. Was auch immer das genau heißen soll.« Ich schnappe nach Luft. »Und dann ist meine Mutter am Boden zerstört. Und du hast keine Ahnung, wie sie dann ist!«

Julians Augen werden immer größer. »Okay, okay. Hol mal tief Luft. Du siehst aus, als hättest du Sauerstoffmangel.«

Ich atme tief durch.

»Wie peinlich war ich gerade?«

»Normal peinlich«, behauptet er grinsend. »Nicht peinlicher als andere Mädchen, die ich so kenne.«

»Dann kennst du noch mehr Mädchen als mich?«

»Ja, meine große Schwester zum Beispiel.« Jetzt ist sein Grinsen richtig fett. Plötzlich beugt er sich vor und küsst mich auf die Wange.

»Hey!«, protestiere ich und falle fast von der Mauer. »Was soll das denn?«

»Keine Ahnung.« Wieder zuckt er die Achseln.

»Warum hast du das gemacht?« Ich runzle die Stirn. Mein Magen summt aufgeregt.

»Impulskontrollschwäche«, antwortet er leichthin.

»Was soll das denn heißen?«

»Dass ich manchmal Dinge tue, über die ich nicht weiter nachdenke«, erklärt er grinsend.

»Dann versuch es mal mit Denken. Ist wie googeln, nur krasser«, schlage ich vor und nehme etwas mehr Abstand zu diesem übereifrigen Jungen.

Julian springt von der Mauer. »Ich versuch es«, sagt er noch und weg ist er.

Und ich bleibe alleine mit meinen Bienen im Magen zurück.

Als ich nach Hause komme, ist Mama noch nicht wieder da. Dafür steht Oma in der Tür und schaut mich vorwurfsvoll an.

»Du bist spät dran«, sagt sie tadelnd. Sie trägt eine auffällige Kette mit einem verschnörkelten Kreuz um den Hals und ein luftiges Kleid mit Blumen.

Ich parke mein Fahrrad und beeile mich, vor den ersten Regentropfen ins Haus zu kommen. Es donnert einmal laut über mir. Der Himmel ist rabenschwarz.

»Wo ist Mama?«

»Sie hat angerufen und ist noch kurz bei Jo auf dem Hof und hilft dort. Sie wird aber bald hier sein.«

»Na toll!«, murre ich. »Sie wollte mir doch bei Mathe helfen.«

So fängt es an mit der Kindsvernachlässigung.

»Na, das wird sie schon noch«, sagt Oma Käthe und schiebt mich vor sich her. »Und hör auf zu schmollen. Das macht deine schöne Aura ganz schmutzig. Dann sieht sie aus wie Entendreck.« Ich blicke sie fragend an. »Komm mit mir in die Küche. Ich mache gerade Kartoffelsalat. Du kannst mir dabei helfen.«

»Na gut. Ich mag deinen Salat«, gebe ich zu und betrachte ihre seltsame Kette.

»Und ich mag es, wenn du bei mir bist«, sagt Oma und drückt mir einen ihrer feuchten Küsse auf die Wange. Der war anders als der von Julian. Ganz anders.

»Oma? Dieses Aura-Ding. Wie meinst du das denn eigentlich genau? Kannst du sie wirklich sehen?«, frage ich und lasse mich schwungvoll auf dem Küchenstuhl nieder. Ein lautes Geräusch dringt aus dem Keller zu uns herauf und ich versteife mich.

»Jeden Menschen umgibt Energie, musst du wissen. Und ja, ich kann sie sehen«, erklärt Oma. »Je nachdem wie der Charakter des Menschen und seine Stimmung und Lebenseinstellung ist, leuchtet sie und verrät uns, wer dieser Mensch ist.«

»Und meine ist blau?«

»Nicht einfach nur blau. Indigoblau. Das ist ein Unterschied.« Oma schneidet gekochte Kartoffeln und sieht gar nicht zu mir auf.

»Was macht das für einen Unterschied?«, hake ich nach.

»Unterschied?«, fragt sie zurück.

»Na, das Aura-Ding?« Meine Stimme ist ungeduldig.

»Blau haben viele Menschen, die das Leben lieben. Die Tatendrang in sich spüren und glücklich sein wollen. Du aber hast einen Ton an dir, der über dich aussagt, dass du hartnäckig und stur bist.«

»Wie super«, sage ich und beginne, ebenfalls Kartoffeln zu stückeln.

Oma zwinkert mir zu. »Wie ein Esel, so stur«, behauptet sie grinsend. »Aber es sagt auch aus, dass du ein gutes Herz hast und weißt, was im Leben wirklich zählt.«

»Weiß ich das?« Ich frage mich, ob Oma mich veräppeln will.

»Und, dass du besonders empathische Fähigkeiten hast.«

»Em-was?«, hake ich nach.

»Empathie ist, wenn ein Mensch sich gut in die Gefühle anderer hineinversetzen kann. Und dadurch zum Beispiel auch zwischen zwei Menschen super vermitteln kann.«

Kann ich das?

»Und wenn du mürrisch bist, dann wird deine Farbe schmutzig«, erklärt Oma Käthe jetzt ernst.

»Wie ein Teich voller Entendreck«, ergänze ich. »Und das heißt?«

»Dass deine guten Eigenschaften überdeckt werden wie von einem schwarzen Tuch.«

»Wie ist Jos Aura-Dings so?«

Oma sieht skeptisch auf. »Wieso willst du das wissen?«

»Nur so. Man muss doch wissen, mit wem man es zu tun hat«, sage ich unschuldig.

»Sie ist gelblich und manchmal grün.«

»Grün? Wie Noch-grün-hinter-den-Ohren?«, frage ich spöttisch.

»Lucinda, etwas respektvoller bitte.«

»Na gut. Und was bedeutet das?«

»Dass er ein gutmütiger Mann ist, der Hoffnung in sich trägt.«

Ich gebe es auf. Oma verteilt Mayonnaise über dem Salat.

»Oma, hast du schon immer hier gewohnt?«, wechsle ich das Thema.

»Nein, als Kind nicht.«

»Dann bist du auch schon einmal umgezogen?«

»Ja, mehrfach. Ich weiß, dass es dir vorkommt, als wäre es nur für dich unglaublich schwer, neu anzufangen.« Sie guckt aus dem Fenster, als hinge sie Erinnerungen nach. »Aber das ist es für Erwachsene auch, Lu.«

Ich denke an Mama. »Glaube ich nicht.«

Oma seufzt und schmiert mir Mayonnaise auf die Nase.

»Oma!«, quieke ich und muss lachen. Draußen kräht der alte Herbert, als würde er mitlachen wollen.

Und unter uns grummelt es aus dem Keller.

»Sport finde ich total doof«, sagt Lil und schnäuzt sich laut die Nase. Sie hat immer noch Tränen in den Augen, weil sie den Ball an die Stirn bekommen hat. Zum Glück ist ihre Brille heil geblieben. »Sport sollte verboten werden, weil es einzig und allein dazu da ist, schwächere Schüler zu quälen. Sport ist für Leute wie mich mordsgefährlich.«

Ich lege meinen Arm tröstend um Lil.

»Ich werde deine Petition gegen Sportunterricht an Schulen auf jeden Fall unterschreiben. Kannst dich auf mich verlassen.«

»Peti-was?«, fragt Lil und schiebt sich ihre Brille auf die Nase zurück.

»Petition.«

»Was ist das?« Sie hört endlich auf zu schniefen.

»Eine Art Unterschriftensammlung gegen oder für etwas, die man dann einreichen kann.«

»Wo einreichen?«, fragt sie interessiert.

Ich überlege. Eigentlich habe ich keine Ahnung, also behaupte ich einfach: »Äh, bei der Bundeskanzlerin.«

»Oh, dass ist toll! Und wenn man genügend Unterschriften gesammelt hat, dann gewinnt man und kann nicht mehr zum Sport gezwungen werden?«

»Vielleicht?« Ich grinse etwas verlegen und bin heilfroh, als Tara plötzlich auftaucht und dieses Thema beendet.

»Geht's wieder?«, fragt sie und sieht Lil mitfühlend an. »Das tut mir wirklich leid.« Tara reicht Lil die Hand.

»Ach, wirklich?«, fragt Lil jetzt sauer. »Sah gar nicht so aus«, stellt sie kühl fest und funkelt Tara böse an, bis die nur mit den Schultern zuckt und sich trollt.

»Tara ist manchmal eine richtige Kuh«, flüstert Lil und sagt irgendwas, das ich nicht verstehe. Es hört sich an wie: ngu nu boh, oder so ähnlich. Ich schaue sie ratlos an.

»Dumm wie ein Ochse«, übersetzt sie leise und blickt Tara finster nach, bevor sie anfängt, leise zu kichern. Dabei klingt sie wie eine kleine Gewitterhexe.

Dann ertönt die Schulglocke und wir sind endlich befreit. Alle rennen zu den Umkleidekabinen. Jeder will, so schnell es geht, in die Pause. Eilig schlüpfe ich aus meinem T-Shirt und angle nach meinem Pullover. Lil hüpft gerade auf einem Bein, während sie sich ihre Jeans anzieht, und rempelt dabei Tara neben sich an.

»Was hast du für ein Problem?«, zischt die jetzt sauer.

Kim und Nora halten die Luft an. Emma sieht aus, als würde sie gerne applaudieren.

»Kloppen, kloppen, kloppen«, singen die beiden rothaarigen Mädchen, die ich nur als Rübenzwillinge vorgestellt bekommen habe.

»Mann, bleibt doch mal …« Ich verschlucke mich, überlege, was ich sagen wollte. »Friedrich«, kommt es heraus.

Kim lacht blubbernd los. »Meinst du friedlich?«

»Genau. Bleibt doch mal friedlich«, sage ich noch einmal mit Nachdruck, zwischen dem Geschnatter der anderen, das plötzlich einsetzt. Die Spannung, die eben noch in der Luft lag, verflüchtigt sich.

Lil nimmt Abstand von Tara und schnappt ihre Tasche.

»Warte«, rufe ich ihr noch nach. Doch da klappt schon die Tür. Ich beeile mich, die Hose anzubekommen.

»Die ist öfter ein wenig schräg«, höre ich Tara jetzt neben mir sagen. Komisch, das Gleiche hat Lil auch von ihr behauptet.

»Was du nicht sagst?« Ich bin wirklich ein bisschen beleidigt, weil Lil und ich verabredet hatten, die Pause zusammen zu verbringen. Und nun ist sie einfach abgehauen.

Kurzerhand schnappe ich meine Sachen und renne hinter ihr her. Als ich durch die Sporthallentür komme, sehe ich Lil schon in die Menge der anderen Kids auf dem Schulhof eintauchen. Ich beschleunige meine Schritte und werde abrupt gestoppt. Ein Hindernis steht mir plötzlich im Weg, in das ich mit vollem Tempo hineinkrache. Und als es sich umdreht, bemerke ich, dass es rötliche Haare hat, die zu einer Turmfrisur gestylt sind. Isa! Ich schnappe erschrocken nach Luft. Schnell ducke ich mich unter dem Arm eines anderen Schülers durch und dränge mich flink wie ein Wiesel an einer Gruppe Achtklässler vorbei, bevor Isa mich entdecken kann.

Als ich einen für mich sicheren Abstand zum Monstermädchen habe, spähe ich zu ihr hinüber. Ein Junge, nicht viel älter oder größer als ich, steht etwas hilflos vor ihr und wird von ihr ins Visier genommen.

Oh, oh. Der Arme. Er hebt beschwichtigend die Hände. Kim aus meiner Klasse taucht neben mir auf. »Na, da ist Gefahr in Verzug«, stellt sie knapp fest und schürzt betroffen die Lippen.

»Wieso denn?«, will ich wissen. Isa hatte doch nur einen kleinen Rempler bekommen.

»Na, den Blick von Isa kenn ich«, erklärt Kim. »Die haut ihn garantiert um.«

Der Junge redet auf das wütende Mädchen ein. »Ich hab dich nicht geschubst, ehrlich!«, sagt er laut und in den zusammengekniffenen Augen des Mädchens blitzt es.

»Ach, ehrlich?«, fragt sie gereizt und packt den Jungen am Arm. Mist! »Was bist du denn so blass?«, zischt Isa. »Geht's dir etwa nicht gut?«

Ich kann verstehen, warum es dem Jungen nicht gut geht. Isa sabbert beinahe Schaum vor Zorn.

»Ich war das nicht, ich hab dich nicht gestoßen«, versucht der Junge es wieder. Isa ballt ihre Hand zu einer Faust.

»Komm, wir müssen irgendwas machen«, schlage ich Kim vor. »Wir müssen doch alle zusammenhalten. So wie …«, ich überlege angestrengt, »… die Musketiere.« Ich nehme Kim an die Hand und ziehe sie mit mir zum Schlachtfeld.

»Einer für alle und alle …« Weiter komme ich nicht. Denn Kim befreit sich aus meinem Griff.

»Einer für alle und nichts für ungut«, sagt sie und guckt mich ungläubig an. »Ich bin doch nicht lebensmüde.«

Ich sehe Isa ganz fies lächeln. »Ich glaube, wir sollten Freundschaft schließen, meinst du nicht auch?« Ein erstauntes Flüstern geht durch die Reihen. Der Junge entspannt sich vorerst. »Willst du einen Kaugummi als Friedensangebot?«, fragt Isa recht nett, aber man hört die leise Drohung in ihrer Frage, die dem Jungen keine Wahl lässt.

»Okay«, sagt er unsicher. »Klar, danke.«

Isas Augen suchen den Hof ab und entdecken etwas. Noch immer hat sie den Jungen am Ärmel seiner Jacke gepackt. »Hier hab ich was für dich«, zischt Isa und bückt sich flinker, als ich es bei diesem Riesenkind für möglich gehalten hätte. Jetzt hält sie einen alten schmutzigen Kaugummi in ihren Händen. Fast alle auf dem Hof werden still und starren zu den beiden hinüber. Sie wird doch wohl nicht …?

»Mund auf, Augen zu«, fordert Isa und zieht den Kaugummi ein wenig auseinander. Er sieht aus wie eine grünlich schimmelige Masse, die zu leben scheint.

»Bääääh, wie eklig«, höre ich ein Mädchen hinter mir sagen.

»Das ist doch nicht ihr Ernst, oder?«, hauche ich entsetzt. »Hast du eine Ahnung, Lu. Vorigen Sommer hat sie einem Mädchen Regenwürmer in den Ausschnitt gesteckt und einem Zehntklässler die Nase beim Hockeyspielen gebrochen«, plaudert Kim und zupft an meinem Ärmel.

Ich schlucke. Aber ich hatte sie angerempelt, nicht der Knirps da vorne.

»Mann, komm schon«, quiekt der Junge und zappelt in Isas Griff. Isa nimmt ihn in den Schwitzkasten. Der Kaugummi macht sich auf den Weg zu seinem Mund.

Alles wird noch stiller. Ein Mädchen neben mir würgt. Andere stöhnen laut auf.

Und ich kann meine Klappe nicht halten: »Isa, woher willst du denn wissen, wer dich angerempelt hat? Vielleicht war es ja jemand anderes?«, höre ich mich sagen. Und möchte mich augenblicklich selbst ohrfeigen. Was zum Geier denke ich mir nur dabei?

Isa erstarrt in ihrer Bewegung. Der Junge kommt frei und haut ab. Kim guckt mich mit offenem Mund an.

»Du hast ja schließlich keine Augen im Rücken, oder?«, frage ich möglichst locker.

»Was mischst du dich denn da ein, du Kröte?« Jetzt stapft Isa auf mich zu.

Fast spüre ich die Erschütterungen des Bodens, die ihre stapfenden Schritte auslösen.

»Dich kenne ich doch«, stellt sie fest, bläst sich eine Haarspray-verseuchte Strähne aus dem Gesicht und stampft weiter. Die Menge teilt ich vor Isa und schon ist sie nur noch wenige Meter von mir entfernt.

Ich spüre Kims Hand auf meiner Schulter. »Du solltest rennen«, flüstert sie hinter mir, aber meine Beine bewegen sich nicht.

Isa steht jetzt genau vor mir. Ihre Finger kneten den Kaugummi und ziehen widerliche Fäden. »Ach, du warst doch die hole Nuss, die gerne eine Klospülung haben wollte«, erinnert sich Isa.

Ich überlege kurz und winke dann ab, versuche, so lässig wie möglich zu bleiben. »Nee, eigentlich nicht. Da hast du was missverstanden.«

»Doch, doch. Das war so. Da bin ich mir sicher. Oder willst du mir erzählen, dass ich doof bin?« Ihre Augen verengen sich noch ein wenig mehr, wenn das überhaupt geht.

»Und sag mal, was hast du da eigentlich an? Sehen ja voll kacke aus, die Dinger.« Sie meint meine schwarzen Hosenträger, die ich über meinem Ringelpullover trage.

»Das hat man jetzt so. Es liegt laut *Cosmopolitan* voll im Trend«, erkläre ich und denke an diese Modezeitschrift von Mama, in der ich ein Bild gesehen habe.

»Du spinnst ja«, knurrt Isa.

»Schon gut«, sage ich lahm.

»Schon gut? Wie meinst denn das?«, fragt sie zischend und holt mit ihren Wurstfingern aus, um mich an den Hosenträgern zu packen.

Ich weiche aus und schlage reflexartig ihre Hand fort. Oh, oh. In diesem Moment denke ich: Ich wollt, ich wäre ein Wüsten-Kaktus mit ganz langen Stacheln. Den schlägt man nicht.

Isas Augen werden ganz groß. Kim beginnt, nervös hinter mir zu quieken. Gerade als Isa ihre Faust ballt, höre ich einen Lehrer.

Ich wirble herum und starre den Herrn mit grauem Bart an.

»Alles in Ordnung zwischen euch Mädels?«, fragt er ruhig.

»Ja, ich habe nur ... etwas vergessen. Und ich muss weg«, erkläre ich und drehe mich auf dem Absatz um. Kims Fluchtinstinkt steckt mich vollends an und wir rennen ins Gebäude.

»Auf zum Klassenzimmer«, schlägt sie vor. Die Schulglocke schrillt! Hallelujah! Nichts wie rein.

»Ein Glück, das hätte übel ausgehen können«, sagt Kim, als wir die Treppen hinaufstürmen. »Vielleicht solltest du einen Selbstverteidigungskurs machen?«

Oder mein Testament. Wem hinterlasse ich bloß Bruno, meinen Teufelskissen-Kaktus mit den hakenförmig gebogenen Dornen. Der hatte noch keine Freunde gefunden in seinem Leben. Außer mir natürlich.

»Wäre nicht die schlechteste Idee«, antworte ich und denke an Papa, der davon erzählt hatte, dass in Amerika schon Kinder Waffen besitzen durften. In Deutschland undenkbar. Und vermutlich besser so. Ich stolpere die Treppe hoch. Meine Beine sind etwas taub von dem Schrecken.

»Du bist echt mutig, Lu.« Kim klopft mir auf die Schulter, während wir auf den Klassenraum zuhalten. »Ich hätte mir glatt für dich mit in die Hose gemacht. Das kannste mir glauben.«

Mutig? Ich sollte meine Mutausbrüche minimieren.

Julian lässt sich neben mich auf den Stuhl plumpsen.

»Na?«, fragt er und grinst.

»Na, und?«, frage ich zurück. Ich fürchte, er möchte auf die Isa-Sache eingehen und auf das Thema habe ich so gar keinen

Bock mehr. Oder er will auf den Kuss zurückkommen. Auf den peinlichen Wangenkuss.

»Lil und ich wollen in der nächsten großen Pause ›Zum Weißen Drachen‹ gehen. Komm doch mit«, lädt er mich ein.

»Das Restaurant von Lils Eltern?«, frage ich verwirrt.

»Ja, genau. Lil hatte die Idee. Dann müssen wir nicht auf dem Pausenhof abhängen.«

»Es ist verboten, das Schulgelände zu verlassen«, überlege ich.

Julian zwinkert.

»Ja, das ist so. Aber eine Tracht Prügel ist schlimmer als erwischt zu werden.«

Wo er recht hat, hat er recht.

»Dann bin ich dabei«, sage ich und winke Lil am anderen Ende des Raums zu.

Sie lächelt süß und schiebt sich in ihrer unverkennbaren Art ihr Brillengestell mit dem Zeigefinger höher auf die Nase. Dann versteckt sie sich wieder hinter ihrem Buch.

»Was liest sie denn da schon wieder?«, frage ich Julian. »Ich glaube, ich habe noch nie jemanden so viel lesen sehen wie Lil.«

»Lil liest immer. Die alte Streberin«, sagt Julian lächelnd, steht auf und geht zu seinem Platz neben Frederik zurück, der wieder mit offenen Augen schläft.

Es dauert nicht lange und Mathe beginnt.

Tara schreibt beim Überraschungstest bei mir ab und beschwert sich danach doch tatsächlich, dass sie die Hälfte der Lösungen falsch hat.

Ich habe ihr meine Lösungen schließlich nicht aufgezwungen.

Trotzdem fürchte ich, dass ich Nachhilfe brauche. Mama kommt nicht infrage. Die ist zwar auch ein helles Köpfchen, aber bei Zahlen ist bei ihr genauso Stromausfall wie bei mir. Also müsste ich Papa fragen. Wenn er aus dem Dschungel wieder auftauchen sollte. Mama hat immer noch kein Lebenszeichen von ihm erhalten. Vielleicht sollte man einen Suchtrupp losschicken? Mit Schmetterlingsnetz?

Oliver, der vor mir sitzt, hat ein breites Grinsen im Gesicht.

»Was freut der sich denn so?«, flüstere ich Tara zu.

»Der hat mal wieder null Fehler. Er ist der Beste in Chemie, Mathe, Physik und Deutsch.«

Ich stoße Tara in die Seite. »Vielleicht solltest du bei ihm abschreiben«, scherze ich. Tara lächelt zuerst nicht. Ich habe das Gefühl, sie ist irgendwie sauer auf mich. Aber nach einiger Zeit entspannt sich die Lage und wir helfen uns gegenseitig bei den nächsten Aufgaben, die wir bekommen.

Bis »Zum Weißen Drachen« ist es wirklich nur ein Katzensprung. Eigentlich sollen wir das Schulgelände ja nicht einfach so verlassen, aber Lil, Julian und ich haben beschlossen, dass uns das gerade am wenigsten kümmert.

»Hast du Mathe kapiert?«, fragt Lil und schlendert neben mir her.

»Geht so. Lief für mich nicht ganz so rosig heute. Ich hatte irgendwie Pech beim Denken«, gebe ich zu.

»Ich kann dir helfen, wenn du magst«, sagt Julian auf einmal und dreht sich zu mir um. Sein Lächeln ist unwiderstehlich und ein seltsames Gefühl macht sich in meiner Magengegend breit. Ich frage mich, ob ich Hunger habe.

Lil schnauft auf und sieht Julian komisch an.

»Das kann ich auch, Romeo«, erinnert sie ihn. »Ich bin viel besser in der Schule als du.«

»Ich wollte es nur angeboten haben, okay?«, sagt Julian lässig und geht weiter. Er wird immer schneller, sodass bald ein großer Abstand zwischen uns ist.

»Ich kann Hilfe auf jeden Fall gebrauchen«, werfe ich noch ein und denke dabei nicht nur an Zahlen, sondern auch an Armeen und Ritterrüstungen.

»Jetzt hast du zwei Leute, die dir Nachhilfe geben. Dann kann dir ja fast nichts mehr passieren«, überlegt Lil. »Es sei denn, Isa macht dich platt und du landest unter der Erde. Dann brauchst du auch kein Mathe mehr.«

»Danke, dass du mich daran erinnerst. Aber eigentlich war ich sonst immer ganz gut in Mathe«, sage ich zu mir selbst und schaue dabei in den blauen Himmel über uns, als ob der mir sagen könnte, was gerade mit mir los ist.

»Und jetzt nicht mehr?«, fragt Lil und macht einen Ausfallschritt, um dann im Gleichschritt mit mir zu laufen.

»Geht so. Auf dieser Schule scheint Mathe ein ganz schönes Arschloch zu sein. Frag mich mal, wie mein Vater das finden wird. Der ist so was wie ein Lehrer und Professor.«

»Ach, du Schande. Mein Onkel ist Lehrer und mein Cousin hat nicht viel zu lachen bei dem«, erzählt Julian mitleidig. »Der darf nie was mit Freunden machen, immer nur büffeln, büffeln und lernen. Und wenn er mal eine Vier nach Hause bringt, hängt gleich der Haussegen schief.«

»Na gut. So schlimm ist es bei uns nicht«, sage ich schnell und frage mich aber gleichzeitig, ob es nicht vielleicht so wäre, wenn ich bei Papa wohnen würde.

Das Restaurant ist nur noch wenige Schritte entfernt. Der Drache, der auf das Aushängeschild gemalt ist, schielt ein wenig und erinnert mich außerdem an Frau Mahlzahn aus *Jim Knopf und Lukas der Lokomotivführer*.

»Wer hat den denn gemalt?«, frage ich.

»Wieso?«, fragt Lil zurück und sieht dabei etwas lauernd aus. Vielleicht sollte ich den Drachen besser nicht kritisieren? »Nur so«, sage ich schlicht. Julian sieht mich hinter Lils Rücken an und macht eine schielende Grimasse, die mich so zum Kichern bringt, dass ich mich verschlucke. Ich keuche und mir kommen die Tränen.

Lil klopft mir auf den Rücken. »Geht's wieder?«, fragt sie nett, und ich spüre, wie rot ich werde unter Julians Blick.

»Atmen ist schon nicht so leicht, nicht wahr?«, scherzt er.

Und ich möchte ihn gerne piksen, wie die kleine Louise es gerne macht, wenn man nicht aufpasst. Ihre Stacheln sind so winzig, dass sie manchmal im Finger hängen bleiben.

»Passt auf, wir gehen durch den Hintereingang beim Lager und dann durch die Küche. Meine Eltern möchten nicht, dass ich mit Freunden den Kundenverkehr störe«, verkündet Lil ernst und schließt die Hintertür auf. Wir folgen ihr.

»Vorsicht, hier stehen noch Getränkekisten und …« Rumms!

»Verdammt, hier stehen auch noch alte Werbetafeln. Also, Augen auf, Mädels!«, kommandiert sie, als wir plötzlich im Halbdunkel stehen.

»Mädels? Das ist nicht witzig«, schimpft Julian und fängt meinen Sturz ab. Uff! »Soll ich dich tragen?«, fragt Julian und greift meinen Ellenbogen fester.

Mein Nacken prickelt, weil er so nahe hinter mir ist, und ich halte kurz vor zwei Kisten an.

Lil schließt eine weitere Tür auf und geht voran in einen Flur.

»Mann, ihr habt hier ganz schön viel Zeug«, sage ich und sehe mich staunend um. So viel Dekokram. Eingeschweißte Essstäbchen, wunderschöne Fächer mit Drachen darauf und ein Karton, auf dem mit Edding *Glückkekse* geschrieben steht. Alle Regale quellen beinahe über, so voll sind sie. Ich steige über einen Sack mit unbekanntem Inhalt.

Julian hält immer noch meinen Arm. Mein Nacken prickelt wieder und ich drehe mich zu ihm um. Er lächelt und ich will gerade zurücklächeln, da bemerke ich etwas Grauenhaftes. Über meinem Kopf seilt sich gerade eine fette haarige Spinne ab. Sie schwebt nur noch Zentimeter über meinen Haaren und ich muss einfach schreien. Julians Gesichtsausdruck wechselt sofort zu panisch. Er fuchtelt genauso wild mit den Händen wie ich, nur dass ich auch noch einen idiotischen Tanz dabei aufführe. Fast fällt Julian über einen Karton und kommt strauchelnd zum Stehen.

Nachdem ich wieder Luft geholt habe, kreische ich erneut los, weil ich beim Tanzen ein weiteres Spinnennetz entdeckt habe. Lil sieht mich erschrocken an.

Endlich halte ich die Klappe, aber was ich dann sehe, lässt mein Blut in den Adern gefrieren: Hinter Lil taucht eine uralte kleine Chinesin auf und zielt mit einem Gewehr auf mich und Julian.

»Heilige Scheiße!«, stößt Julian hervor.

Ich sage gar nichts, reiße nur die Hände hoch und ergebe mich.

Die Frau fuchtelt hektisch mit der Waffe herum und sagt dabei irgendwas, das ich nicht ansatzweise verstehe. Ihre Stimme ist schrill und wütend. Die Ärmel ihres bunten Gewandes flattern wie Fledermausflügel um ihre Arme.

Endlich reagiert Lil, stellt sich todesmutig vor die aufgebrachte Frau und redet hitzig auf sie ein, vermutlich auf Chinesisch. Es kommt zu einem kurzen Handgemenge, als Lil der Frau das Gewehr abnimmt. Schimpfend dreht diese sich daraufhin um und verschwindet einfach. Ihr aufgebrachtes Geplapper entfernt sich.

»Das war meine Oma«, erklärt Lil grinsend, als sie zurückkommt. Sie hält jetzt das Gewehr. Ich habe immer noch meine Hände über dem Kopf. Bereit, mich voll und ganz zu ergeben.

»Puh, die hat mir einen ganz schönen Schrecken eingejagt«, sagt Julian neben mir und schiebt mich vor sich her.

Lil grinst jetzt breiter. »Du kannst die Hände wieder runternehmen, Lu«, erinnert sie mich.

»Dann leg du die Knarre weg«, fordere ich heiser.

»Klar. Mach ich.« Sie wirft das Gewehr auf die nächste Kiste und ich ducke mich erschrocken, weil ich immer noch damit rechne, dass sich auch bei solch einer Gelegenheit ein Schuss lösen könnte.

»Lu, die ist doch gar nicht geladen. Nur 'ne Attrappe.«

»Echt?« Mein Mund steht offen.

»Nein, denkst du, wir lassen Oma Wunderlich mit einer geladenen Waffe herumlaufen?«, fragt Lil, kommt auf mich zu und legt tröstend ihren Arm um mich. »Meine Oma sieht überall Einbrecher und Terroristen. Und mit dem Spielzeuggewehr fühlt sie sich sicherer.«

»Und für sie sehe ich aus wie ein Terrorist?«, frage ich aufgebracht. Dann laufe ich Lil nach, die in einem anderen Raum verschwindet. Das Klappern von Geschirr dringt zu uns durch und es wird heller.

»Oma ist nicht mehr ganz richtig. Sie hat so was wie einen Verfolgungswahn.« Lil tippt sich flüchtig an die Stirn. »Tut mir leid, dass sie dich so erschreckt hat«, entschuldigt sich Lil nochmals und ich spüre, wie mein Herzschlag sich beruhigt.

»Und was ist mit mir?«, fragt Julian. »Mir hat sie auch einen Schrecken eingejagt.«

»Du bekommst gleich 'nen Keks, dann ist alles wieder gut«, sagt Lil vergnügt und biegt um eine Ecke.

Jetzt stehen wir bei den Garderoben des Restaurants, nahe der Küche und beobachten das rege Treiben. Überall wird Essen serviert, mein Magen beginnt zu knurren.

Eine Frau mit seidigem schwarzem Haar und einem herrlich bestickten Gewand kommt auf uns zu.

»Hallo, mein Schatz«, begrüßt sie Lil und gibt ihr einen Kuss auf die Stirn. »Du hast Freunde mitgebracht?«, fragt sie und betont die Worte ganz seltsam dabei. Mama sagt, viele Leute, die eine andere Muttersprache haben und dann eine neue lernen, sprechen mit Akzent.

»Ni hau«, sage ich zur Begrüßung in meinem besten Chinesisch.

Lil und ihre Mutter sehen mich plötzlich seltsam lange an.

Dann sagt sie etwas, das sich anhört wie: »Xin chao.«

Lil fällt ihr ins Wort. »Das heißt Guten Tag auf Vietnamesisch. Chinesisch spricht nämlich keiner von uns.«

Lil grinst breit und ich bin total durcheinander.

»Aber ich dachte, das Restaurant, der Drache …«

»Weit gefehlt, was?« Lil grinst noch breiter.

Ihre Mutter gibt mir die Hand.

»Ich bin Lu, wir haben Ihre Oma erschreckt«, stelle ich mich vor und möchte mir gerne gegen den Kopf schlagen. Wie hört sich das denn gerade an?

»Oma? Erschreckt?«, fragt die Frau und lächelt fragend. Es spricht Sorge aus ihren Augen, als sie Lil anschaut.

»Alles ist gut, Mama«, beruhigt sie Lil. »Oma ist wieder oben. Wir haben etwas Krach gemacht, als wir kamen, und da hat sie gedacht, wir wären Einbrecher.«

»Aah, soooo«, sagt Lils Mama und lächelt jetzt wieder entspannter. Ich schlussfolgere, dass Oma also öfter aufgeschreckt wird.

Ich grinse verlegen und Julian schiebt sich an mir vorbei.

»Hallo, Frau Phang. Wie geht es Ihnen?«, fragt er wohlerzogen und ich ziehe die Augenbrauen überrascht in die Höhe.

»Sehr gut. Dir auch, Julian? Willst du ein bisschen gebackene

Banan*e*?«, fragt sie ihn. Sie betont das E von Banan*e* auf lustige Weise.

Julians Augen leuchten. Trotzdem druckst er herum. »Ach, ich möchte doch keine Umstände machen«, sagt er verlegen, meint aber genau das Gegenteil.

»Ach, Kinder. Ich weiß doch, ihr habt immer Hunger.« Lils Mama hat genau das gleiche Lächeln wie ihre Tochter.

Wir setzen uns derweil an einen Tisch.

»Deshalb kommt ihr in den Pausen hierher. Hier gibt's was zu essen«, stelle ich fest und schneller, als ich Banane buchstabieren kann, stellt uns jemand drei kleine Teller mit irgendwas Frittiertem hin.

»Mann, du hättest mir ruhig mal sagen können, dass ihr gar keine Chinesen seid«, murre ich beleidigt und schnappe mir die Gabel.

»Wieso, ich habe nie behauptet, eine zu sein«, gibt sie zu bedenken.

»Mmh, lecker«, sagt Julian und beginnt sofort zu essen. Aber nicht, ohne sich vorher noch in Windeseile Unmengen Honig aus einer Quetschflasche über das Essen zu gießen.

»Was ist das jetzt genau?«, frage ich doch etwas skeptisch. Denn wie eine Banane sieht das für mich gar nicht aus.

»Was denkst du denn?«, fragt Julian mit vollem Mund.

Ich stochere an dem goldgelben Mantel der unförmigen Würfel herum.

»Es ist jedenfalls kein frittierter Hund«, sagt Lil und lädt sich die Gabel voll. Auffordernd sieht sie mich an.

Julian verschluckt sich fast. »Und keine frittierte Katze«, fügt er hinzu und lacht.

»Sehr witzig.«

»Probier's mit Honig«, fordert Lil mich auf und drückt mir einen großen Klecks aus der Flasche auf die goldenen Dinger.

Jetzt traue ich mich, hineinzubeißen und bin absolut begeistert. Eigentlich mag ich Bananen gar nicht so gerne, aber diese sind der Oberhammer!

Nach einem Teller bin ich pappsatt und könnte mich kugeln.

Lil schaut auf die Uhr. »Ui, wir müssen los.«

»Schade«, stöhne ich laut und möchte am liebsten schlafen. »Es ist gerade so gemütlich.«

»Wir kommen wieder her«, verkündet Julian.

»Das kann ich mir denken. Du bist hier Stammgast, oder?«, frage ich ihn und gebe ihm einen Knuff in die Seite. Er nimmt meine Hand in seine. Und da ist es wieder. Dieses flatternde Gefühl in meinem Bauch.

Lils Mutter kommt zu uns und gibt jedem noch einen Glückskeks in die Hand. »Und ›gern gesehener Gast‹«, sagt sie, während sie uns nett, aber bestimmt zum Hinterausgang lenkt.

»Tschüss, bis später«, ruft Lil, als eine Klingel aus der Küche ertönt und Lils Mama zurückeilt, um ein fertiges Gericht in Empfang zu nehmen.

»Schnell, kommt«, fordert Lil uns auf und wir traben ihr hinterher.

Julian hat schon wieder den Mund voll und hält in den Händen einen kleinen Zettel.

»Lies vor«, fordert Lil und knackt ihren eigenen Keks auf, der sich krümelig in ihren Händen verteilt.

»Hört zu: *Die Zeit ist die Seele der Welt*«, liest Julian vor und mampft dabei.

»Wie weise«, kommentiert Lil und schleckt Krümel von ihren Fingern. Ich breche meinen Keks ebenfalls vorsichtig entzwei und ziehe den Zettel heraus. »*Jedes Hindernis hat auch sein Gutes*«, lese ich.

»Na, das kommt wahrscheinlich ganz drauf an.« Lil sieht mich grüblerisch an.

»Wie meinst du das?«, frage ich.

»Kommt auf das Hindernis an. Also, wenn wir Isa als Hindernis betrachten, denke ich, kann man lange nach der guten Seite des Ganzen suchen.«

»Jetzt sei mal nicht so ein Schwarzmaler. Isa hat genug andere Leute, die sie drangsalieren kann. Vielleicht hat sie Lu morgen schon wieder vergessen«, sagt Julian hoffnungsvoll.

»Und wenn nicht?«

»Dann … weiß nicht.«

»Siehst du?«

»Mann, hör doch auf. Wir sind ja auch noch da.«

»Ja, Julian, du stellst dich dann in goldener Rüstung vor Lu, oder?«, sagt Lil feixend.

»Ich wette, morgen hat Isa alles vergessen. Die ist nicht unbedingt das hellste Licht unter den Glühbirnen.«

»Du bist ja optimistisch.«

Da wären wir wieder bei meinem Lieblingswort: Optimismus.

Daraus wird rückwärts übrigens *Sumsimitpo*. Das hört sich noch aufmunternder an.

»*Gut gemacht ist besser als gut gesagt*«, unterbricht Lil meine Gedanken.

»Bitte?«, fragen ich und Julian gleichzeitig.

»Steht in meinem Glückskeks.«

Eine Woche ist seit dem Umzug vergangen. Als ich mit dem Rad die Einfahrt nach Hause runterdonnere, entdecke ich einen Wagen auf dem Hof. Ich kneife die Augen zusammen. Den kleinen blauen Fiat kenne ich ja gar nicht. Wer ist denn zu Besuch?

Ich erschrecke, als ich fast Herbert überfahre. Manno, blödes Vieh! Flatternd und protestierend macht er sich davon und ich gerate in einer Pfütze gefährlich ins Schlingern. Dämlicher Hahn.

Die letzten Meter schiebe ich lieber und lasse anschließend mein Rad gegen die Stallwand krachen.

Neugierig strecke ich den Kopf in den Flur und lausche.

»Mama?«, frage ich und erkenne die Stimme sofort. »Papa?« Ich presche um die Ecke zum Wohnzimmer. Er breitet bereits die Arme aus. Also doch nicht verschollen und von Kannibalen im Dschungel verspeist. Mann, ist der braun gebrannt, denke ich als Nächstes. Seine Zähne glitzern richtig, so weiß sehen die im Vergleich zum Rest aus.

»Lu! Schön, dich endlich wiederzusehen«, sagt er laut und presst mich an sich.

Ich krächze. »Wo warst du so lange? Und wieso hast du dich nicht gemeldet?«, maule ich. Er zaust mir die Locken und drückt noch ein wenig fester. »Wie war's im Dschungel?«, frage ich und ringe nach Luft.

»Dschungel?«, meldet sich eine junge Frau mit braunen Haaren, die sie unter einem Kopftuch versteckt, zu Wort. »Wie meint sie das?«

»Na, ihr wart doch im türkischen Busch, oder?«, frage ich.

»In der Stadt. Wir waren in Istanbul, kleiner Grashüpfer«, erklärt Papa und die junge Frau lacht. Sie muss wohl Papas neue Freundin sein. Mama sieht angespannt aus und knibbelt an ihren Fingern.

»Ich möchte dir gerne jemanden vorstellen«, verkündet Papa jetzt. »Das ist Emine.«

Ich erstarre. Die junge Frau hält mir ihre Hand entgegen. Ich möchte ihr gerne das »Tschüss« anbieten und ihr zeigen, wo die Tür ist. Stattdessen sage ich: »Hallo.« Und als Nächstes: »Hast du mir was mitgebracht, Papa?«

Er streicht sich die Haare aus dem Gesicht. Oh, die Geste kenne ich. Das heißt dann wohl: nein. Das macht er nämlich immer, wenn er sich eine Ausrede einfallen lässt oder eine Enttäuschung für mich parat hat.

»Weißt du, ich habe mir gedacht, du suchst dir selber ein Andenken aus, wenn du Emine und mich an der türkischen Riviera besuchen kommst.«

Türkische was? Besuchen? Ich sehe die fremde Frau skeptisch an. Und ihr Lächeln verrutscht.

Papa wechselt mit Mama einen Blick.

»Echt? Cool«, höre ich mich antworten.

Oh, Mamas Gesichtsausdruck ist gerade mehr als cool. Zwanzig Grad unter null, würde ich schätzen.

»Ja, wenn wir tatsächlich in der Türkei heiraten sollten, dann möchten wir dich gerne dabeihaben«, erklärt Emine freudestrahlend.

Heiraten? Och nö! Ich schlucke.

Emine scheint gar nicht zu bemerken, dass sie neben einem Pulverfass sitzt.

Mamas Augen verengen sich kaum merklich.

»Ja, natürlich. Das verstehe ich, aber Lucinda ist noch nicht alt genug, um allein so weite Reisen zu unternehmen«, sagt Mama bemüht freundlich. »Und wie gesagt, ich freue mich sehr für euch. Doch es gibt ja durchaus auch noch andere Dinge, die ihr klären solltet, was Lucinda betrifft.«

»Was denn?«, frage ich.

»Nichts, Schätzchen«, antwortet Papa schnell und wirft Mama einen Blick zu, der so viel bedeutet wie: Mach mal halblang. »Ich habe gesagt, ich regle das, Bernadette.«

»Darum geht's nicht alleine.«

»Worum denn?«, frage ich jetzt und ernte einen genervten Blick von Mama.

Papa legt seine Hände auf meine Schultern und schaut mich an. »Schätzchen, ich habe mich eine Zeit nicht gemeldet, weil …«

»Lass mich raten, im Dschungel gab's kein Netz?«, frage ich etwas vorwurfsvoll und verziehe dabei mein Gesicht. Es war wirklich nicht nett, uns so lange hier zappeln zu lassen. Wir wussten gar nicht, wo er überhaupt steckt oder ob er von einer Schlange gefressen worden war und überhaupt.

»Wir waren in der Stadt«, sagt Emine wieder und rückt sich ihr lilafarbenes Kopftuch zurecht, das wirklich schön zu ihren großen braunen Augen passt.

»Ich hatte so viel zu tun und es haben sich so viele Dinge ergeben«, meint Papa.

Ich hebe eine Augenbraue. »Und deshalb gab es keine Möglichkeit anzurufen?« Ich schaue zu Emine und grinse, weil sie betreten auf ihrer Unterlippe kaut.

»Emine und ich haben viel zu klären gehabt und wir haben uns entschieden, den Bund der Ehe einzugehen.«

Er meint das wirklich ernst.

»Und wann?« Ich habe einen Frosch im Hals, der meine Frage kläglich klingen lässt.

»Vielleicht im Winter?« Papa schaut seine neue Flamme an.

Emine nickt. »Am Meer«, sagt sie lächelnd. »Wenn es uns möglich ist, wollen wir gerne in der Türkei heiraten.« Papa sieht stolz aus.

»Nicht im Dschungel?«, frage ich witzelnd und lasse mich neben Emine auf die Couch fallen. Sie legt einen Arm um meine Schultern und zieht mich kurz an sich, bevor sie Mamas Blick erhascht.

»Und wann bekomme ich 'ne Schwester?«, frage ich.

Ich wollte schon immer eine haben. Im selben Moment fällt mir mit Grauen ein, dass Mama nun auch auf die Idee kommen könnte, Jo zu heiraten und Kinder zu bekommen. Vielleicht einen ganzen Stall voller Kinder. Bauern haben ja gerne ganz viele davon, damit die bei der ganzen Hofarbeit helfen können.

Papa lacht und setzt sich zu uns. »So schnell wohl nicht. Ich habe gerade einen neuen Job und Emine sucht noch Arbeit.«

»Damit solltet ihr euch lieber noch Zeit lassen. Kinder bedeuten Verantwortung«, erklärt Mama, und bevor Papa sie wieder mit einem kühlen Blick strafen kann, stehe ich auf.

»Lu, in der Küche steht Essen für dich«, ruft Mama noch hinter mir.

»Gut, bin gleich wieder da.«

»Lass dir Zeit.« Oh, das hört sich so an, als hätte Mama etwas zu sagen, das ich nicht hören soll. Na denn. Ich weiß nicht so genau, was ich von den Neuigkeiten halten soll. Vielleicht könnte mal jemand die Welt kurz anhalten, damit ich die ganzen neuen Leute in meinem Leben sortiert kriege?

Ich schlurfe davon und nehme mir das Telefon von der Station, um Tara anzurufen. Sie will mich ja heute Nachmittag besuchen kommen.

Meine Finger tippen die Zahlen in das Telefon ein und ich stelle meinen Teller in die Mikrowelle. Gespannt lausche ich gleichzeitig ins Telefon und ins Wohnzimmer. Oh, jetzt streiten sie. Oder doch nicht?

»Ja, ich weiß, was du meinst, Bernadette, und es tut mir ja auch leid, ehrlich«, sagt Papa gereizt. Dieses »ehrlich« dürfte Mama gleich zum Kochen bringen.

»Ich brauchte einfach ein wenig Abstand.«

»Aber du hast ein Kind, Finn.«

»Lucinda kommt damit klar.«

»Das denkst du, aber …«

Tara hebt am anderen Ende der Leitung ab und ich unterbreche meinen Lauschangriff.

»Ja?«

»Hey, ich bin's, Lu«, antworte ich gehetzt und verschwinde in mein Zimmer. »Wann kommst du?«, frage ich sie.

»Um vier, dachte ich. Du wohnst am Pastorensee, oder?«

»Ja, Nummer zwölf.«

»Ich beeil mich«, sagt Tara vergnügt und legt auf. Dann höre ich den Schrei. Mama! Mir fällt fast der Hörer aus der Hand. Geht sie jetzt Papa an die Gurgel?

Dann stapfen wütende Schritte auf mein Zimmer zu. Oh, oh. Die Tür wird aufgestoßen. Mama sieht ziemlich sauer aus.

»Ich war's nicht!«, rufe ich aus und zucke die Achseln. »Egal, was es ist«, gebe ich hinterher und versuche zu lächeln.

»Du hast nicht zufällig gerade das Essen in die Mikrowelle gestellt und vergessen, auf die Zeit zu achten?«

»Oh, Mist«, sage ich kleinlaut und folge Mama in die Küche. Das Essen sieht aus, als wäre es in dem weißen Kasten explodiert. »Iih.«

»Ja, genau. Und du wirst sie wieder sauber machen.«

Papa lacht, als er in die Küche kommt. »Mann, das stinkt aber fürchterlich. Das solltest du schnell wieder in Ordnung bringen, Lucinda.« Er wirft mir die Rolle Haushaltstücher zu, die auf dem Tisch stand.

»Na, Bernadette. Immer noch die Sterneköchin, die alles vom Vortag zusammenmixt?«, neckt er Mama. »Dem Geruch nach zu urteilen …«

Ich erfahre nicht, um was es sich dem Geruch nach handeln könnte, weil Jo hinter Papa auftaucht.

»Hallo, alle zusammen«, sagt Jo knapp. Ich bin mir sicher, dass nicht das verschmorte Essen so unangenehm riecht, wenn ich mir die Klamotten von Jo so ansehe. Oh, Mann. Wie peinlich!

Papa dreht sich überrascht um.

»Oh, hallo, Jo.« Papa reicht ihm die Hand und Jo winkt unhöflich ab. »Ich muss erst ins Bad«, erklärt er. Und ich schwöre, die Luft hier drinnen wird immer dicker. Nicht nur wegen des Geruchs.

»Ja, ab zur Waschmaschine. Einmal den Vollwaschgang bitte«, sage ich genervt und versuche dabei, nicht allzu angewidert zu klingen.

»Lucinda!«, zischt Mama jetzt richtig sauer und ich schlucke trocken.

»Was denn?«, frage ich unschuldig. »Stimmt doch«, schiebe ich mit Blick auf Jo nach.

Papa grinst und sieht dabei irgendwie triumphierend aus. Jo sagt gar nichts und verschwindet. Emine wirkt ziemlich schockiert. Willkommen in der Familie!

»Ich glaube, es ist Zeit für dich, zu gehen«, erklärt Mama unterkühlt und weist Papa und seiner neuen Frau den Weg nach draußen.

»Wenn du meinst, Bernadette«, antwortet er knapp. Er kommt auf mich zu, drückt mich an sich und ich bekomme Schnappatmung von so viel Nähe.

»Okay, Lu. Wir sehen uns«, flüstert er.

»Wann denn?«, frage ich. In zwei Tagen, zwei Wochen, zwei Jahren?

»Ich ruf dich an, okay?«

Ich muss lachen. »Klar«, sage ich belustigt.

Ein Kuss und er dreht sich um, nimmt seine Emine an die Hand, die jetzt kichert und mir zum Abschied einen Handkuss zuwirft. Sie erwartet hoffentlich nicht, dass ich ihn fange.

Ich warte an der langen Einfahrt auf Tara, weil Mama in einen Putzrausch verfallen ist. Sie stellt das ganze Haus auf den Kopf. Das macht sie manchmal, wenn sie emotional gestresst ist. Das sind immer die Momente, in denen, laut Oma, ihre Aura schmuddelig wird.

Als ich Tara entdecke, kann ich es kaum fassen. Ich glaube, ich habe noch nie so ein pinkes Fahrrad gesehen. Krass. Aber ich verkneife mir einen Kommentar, weil ich nicht weiß, wie Tara auf Kritik reagiert. Auch wenn die hier wirklich wichtig wäre.

»Hi, hier lebt ihr?«, fragt Tara etwas außer Atem. »Ich war schon mal hier, bin aber dann wieder weitergefahren. Ich dachte, dass ihr an der Allee dort hinten wohnt.« Sie schnauft und steigt ab.

»Beim Neubaugebiet? Nein.« Schön wär's. Die Häuser sind alle so hübsch. Und ohne bedrohliche Keller zur Unterwelt.

Der Wind frischt auf und bläst Tara die blonden Haare aus dem Gesicht. »Also wohnt ihr in dem alten Haus dort?«.

»Ja, wieso?«, frage ich jetzt unsicher.

»Ach, nur so«, sagt sie und blinzelt, während sie unser Haus mustert, das etwa hundert Meter hinter mir liegt.

»Es ist aus der Gründerzeit und hat sehr viel Geschichte in seinen Wänden«, imitiere ich Oma. Von dem Weg zur Hölle erwähne ich lieber nichts.

»Das ist doch kein anständiges Haus. Das sind eher Termiten, die Händchen halten«, erwidert Tara und steigt wieder auf ihr Rad.

»Bitte?«

»War nicht böse gemeint, Lu.« Tara lächelt entschuldigend. »Mein Vater ist Sachverständiger, was Häuser angeht. Das würde er sicher abreißen lassen.«

Jetzt hört sie sich ein wenig altklug an. Und gemein.

»Okay.« Ich strafe sie mit einem düsteren Blick.

»Wollen wir zum See?«, fragt Tara unbeeindruckt und ich stimme zu.

»Na gut. Wenn du Angst vor den Gespenstern in unserem *alten* Haus hast! Uahhhha!«

»Witzig, Lu.« Sie hört sich gelangweilt an und tritt in die Pedale. Ich muss mich richtig beeilen, um hinterherzukommen.

Als wir am See ankommen, sind die besten Plätze leider schon von Müttern und kleinen Kindern belegt, also schlage ich vor, einen großen Bogen um sie zu machen. Weil die Gören zur echten Plage werden können, wenn sie auf die Idee kommen, mit einem spielen zu wollen.

»Lass uns unter die alte Trauerweide sitzen. Die ist zwar nicht direkt am Strand, aber die Enten besuchen uns trotzdem, um etwas zu knabbern abzustauben«, sage ich.

Tara lässt ihr Rad in den Sand plumpsen und ich breite meine Jacke auf dem Boden aus, um mich draufzusetzen. Dann holt Tara eine Tüte aus ihrer Tasche.

Es dauert nicht lange und wir sind umzingelt von putzigen Enten, die sich um das Brot zanken.

»Und, wie gefällt's dir in der Schule so?«, fragt Tara und beobachtet mich genau. »Bis auf die Isa-Attacken natürlich.«

»Och, hör mir auf mit der. Die überlebe ich schon«, hoffe ich. Was ich vielleicht weniger überlebe, ist, wenn Oma noch einmal versehentlich die Tür ihres Kellers hinter mir schließt. Das war nämlich gestern passiert und ich hab fast geheult wie ein kleines Kind.

»Na, hoffentlich«, sagt Tara.

»Ich überlebe ganz andere Sachen.« Ich seufze und denke an die Stacheln, die ich nicht habe.

»Ja, was denn?«, fragt Tara jetzt neugierig und packt dabei die nächste Tüte aus. Gummischlangen, super!

»Meine Mutter hat 'nen neuen Freund«, erkläre ich.

»Na und? Ist doch nicht schlimm, oder?«, fragt sie und wühlt in der Tüte.

»Wie man es nimmt. Der nervt ganz schön.«

»Was macht der denn? Spielt er sich wie ein neuer Vater auf, oder was?«

Ich überlege. »Nein, eigentlich nicht. Ich hab auch schon einen, der reicht.«

»Ich weiß, was du meinst. Mir reicht auch einer, das kannst du mir glauben. ›Tara, räum dein Zimmer auf. Tara zeig mir deine Hausaufgaben.‹« Ich nicke wie ein Wackeldackel, während Tara weiter aufzählt. »›Disziplin, Tara. Das ist wichtig im Leben.‹«

»Na, dann ist dein Vater ja eine richtige Spaßkanone, was?«, frage ich und muss an Papa denken. »Ich kenne das, Papa benimmt sich auch ständig lehrerhaft.« Wenn er sich nicht selber gerade danebenbenimmt, füge ich in Gedanken dazu. »Und außerdem hat er einen Sauberkeitsfimmel. Zweimal die Woche wirbelte eine Putzfrau durchs Haus, sogar durch mein Zimmer. Das hat genervt.« Ich räuspere mich und kicke mit dem Fuß einen Ball zurück, den ein Kind auf mich zurollen lässt.

»Und jetzt sind wir eine Patchwork-Familie. Mein Papa wird wieder heiraten.«

»Kenn ich. Meine Cousine hat auch eine Patchwork-Familie. Ist wohl modern.« Jetzt lacht Tara auf und verliert dabei fast etwas von der Gummischlange aus ihrem Mund.

»Und Jo, der Neue meiner Mutter, braucht gar nicht erst zu denken, dass er so was wie ein Vater werden kann. Ich meine, wie viele Väter verträgt man denn unbeschadet?«

»Genau«, bestärkt mich Tara. »Das kann nur ungesund sein.«

»Ich merke, wir sind total auf einer Wellenlänge.«

»Stimmt.« Tara nickt immer noch.

»Jo ist auch nur kurzfristig bei uns. Da kannst du dich drauf verlassen.«

»Okay. Bist du sicher?«, fragt Tara. »Bei meiner Cousine hat der Neue sich sofort eingenistet und war nie wieder aus dem gemachten Nest rauszubekommen, wie mein Onkel immer sagt.«

Ich will doch nicht ewig mit Kuhgestank und doofen Sprüchen leben müssen. Wenn ich nur an »Kullerkeks« denke, bekomme ich juckenden Hautausschlag.

Ich sammle ein paar flache Steine zusammen, gehe hinüber zum Wasser und lasse sie über den See hüpfen.

Tara kommt zu mir. »Und bei uns in der Klasse gefällt es dir?«

»Klar.«

»Du warst heute mit Lil unterwegs, oder?«, vermutet sie.

»Ja, wir waren bei ihren Eltern im Restaurant. Ich sag nur: Banane.« Ich grinse breit und bekomme sofort wieder Hunger, als ich an die Köstlichkeit denke.

»Ja, ich war auch schon mal mit. Sehr nett dort«, sagt Tara nachdenklich. »Und du magst Julian, oder? Der war doch auch mit.«

Mir flutscht einer der Steine so doof aus der Hand, dass er sofort im Wasser versinkt.

»Du kannst es übrigens ruhig zugeben«, lacht Tara.

»Was zugeben?«, frage ich perplex.

»Dass du auf ihn stehst. Ich glaube, so ziemlich jedes Mädchen aus unserer Klasse mag ihn.«

»Ach, echt?«, wundere ich mich nicht wirklich und muss lächeln, als ich an seine Wuschelfrisur denke.

»Wusste ich es doch«, triumphiert Tara.

»Aber eben nur mögen, okay?« Ich meide ihren fragenden Blick.

Sie seufzt gedehnt. »Das ist auch besser so«, sagt sie dann.

»Wieso?«, will ich wissen.

»Na ja. Er ist kein guter Umgang«, meint sie mitleidig.

»Wie kommst du auf so was?« Jetzt bin ich aber neugierig.

»Er raucht und er stellt nur Mist an. Ich habe gehört, die Polizei war schon mal bei ihm zu Hause.«

»Aha.«

Tara zaubert ein Smartphone aus ihrer Tasche. Das Neueste vom Neuen. »Hier. Es wurde mal ein Bild auf WhatsApp verschickt, wo man Julian mit einer Zigarette sieht.« Sie hält es mir unter die Nase.

Ich erkenne, dass sich einige aus unserer Klasse in diese Unterhaltung mit eingeklinkt hatten. Und ich bin mal wieder sauer auf Mama, weil ich noch kein internetfähiges Handy habe.

»Vielleicht hält er die Zigarette ja nur?«, schlage ich vor.

»Warum sollte er das tun? Weil die sonst traurig ist?«, sagt Tara verächtlich. »Also, halt dich besser fern von ihm.«

»Von mir aus können wir das Thema jetzt wieder wechseln«, schlage ich schnell vor und gebe ihr einen der flachen Steine, die ich gesammelt habe. »Hier, probier du mal. Mal sehen, ob ich dann über dich und deine Wurfkunst lästern kann.«

»Du forderst mich heraus?«, vergewissert sie sich.

»Klaro.«

»Na, ob du dir das gut überlegt hast?« In Taras grünen Augen blitzt es gefährlich auf. Dann wirft sie den Stein so gekonnt über den See, dass er achtmal auf der Wasseroberfläche aufditscht, ehe er untergeht. Alle Achtung!

Als wir die Einfahrt zum Haus entlangradeln, erkenne ich Oma Käthe, die etwas auf ihren Armen trägt, das verdächtig nach einem Tier aussieht. Ich beschleunige mein Tempo und Tara neben mir jault vor Müdigkeit einmal kurz auf.

»Oma, hallo.« Ich winke und stelle das Fahrrad ab. Neugierig trabe ich zu ihr hinüber. Tara folgt mir.

»Oh, Kinder. Wo kommt ihr denn so plötzlich her? Ich habe euch gar gehört.« Oma dreht sich ganz um und ich identifiziere das Tier auf ihrem Arm.

Tara macht große Augen.

»Herbert«, flüstere ich betroffen und Oma seufzt leise.

»Lebt das Ding noch?«, fragt Tara und schubst mich grob zur Seite, um besser sehen zu können.

»Nein, Herbert ist vorübergehend verstorben.« Oh Gott! Jetzt opfert Oma schon Tiere für den Teufel, oder was?

Tara rümpft die Nase und sieht mich an, als hätte meine Oma nicht mehr alle Latten am Zaun. Oder, wie unser Haus, starken Termiten- und Holzwurmbefall, aber im Oberstübchen.

»Wie kann man denn bitte vorübergehend tot sein?«, fragt Tara hochnäsig und verengt dabei ihre Augen, als versuche sie zu erkennen, ob Herbert noch atmet.

»Das ist ganz einfach. Auf unserem Hof lebt immer ein Herbert und wenn du morgen wiederkommst, ist er auch wieder da und hütet seine Haremsdamen.« Oma verkneift sich ein Grinsen. Ich sehe es an ihrem Mundwinkel, der sich einmal ganz kurz kräuselt, bevor er wieder ernst wird.

»Aber der hier ist tot.«

Tara traut sich tatsächlich und stupst den armen Herbert mit dem Finger an. »Mausetot. Toter geht's nicht«, stellt sie sachlich fest und fixiert Oma mit ihrem durchdringenden Blick.

»Hast du noch nie einen geliebten Toten aus dem Jenseits zurückgeholt, Kleine?«, fragt Oma jetzt und kommt bei dem letzten Wort einen schnellen Schritt auf Tara zu, der sie erschrocken zurückweichen lässt. Ihre Stimme ist gerade wirklich spooky.

»Mann, Oma«, sage ich. »Hör auf damit.«

Es dauert einen Moment, bis Tara sich wieder gefasst hat. »Wie soll das denn gehen?«, fragt sie jetzt mutig.

»Voodoo natürlich. Wir opfern einfach irgendwas Lebendiges und dann steht Herbert wieder auf. So einfach ist das.«

Tara stößt die Luft hart aus und sieht mich mitleidig an.

»Oma, lass das bitte. Das ist voll grässlich.« Das meint sie doch hoffentlich nicht ernst?

»Lucinda Wolff. Ich habe dir gesagt, du sollst keine fremden Kinder auf den Hof bringen, wenn wir einen Todesfall haben. Was ist, wenn der Geist des Voodoo ausgerechnet dieses Kind als Opfergabe haben möchte, um Herbert zurückzuholen?«

»Oma, geht's noch?«, quietsche ich panisch, als ich Taras Gesichtsausdruck sehe, der von ungläubig zu ängstlich wechselt.

»Dann können wir nicht einfach das Nachbarsbaby nehmen«, sagt sie vorwurfsvoll.

Tara tritt einen weiteren Schritt zurück. »Bist du sicher, dass

deine Oma keinen Arzt braucht?«, fragt Tara und ihre Stimme bricht dabei weg.

Oma lacht heiser und lässt Herbert dabei gruselig wackeln. »Nein, Kindchen. Du bist doch nicht von gestern, oder? Lass einer alten Frau doch ihren Spaß.« Oma kichert immer noch. Mir fällt jetzt erst auf, dass ihre Haare heute einen lilafarbenen Schimmer haben.

Tara findet ihre Sprache wieder.

»Na klaaaar«, sagt sie lang gezogen und versucht, cool zu bleiben, aber ich spüre ihr Unbehagen. Sie wird mich sicher nicht so schnell wieder besuchen kommen.

»Oma, sag ihr, wie es wirklich mit Herbert läuft.«

»Na gut.« Oma räuspert sich. »Dies ist Herbert Nummer zwölf, der bekommt jetzt eine angemessene Bestattung hinter den Apfelbäumen, wo er sich in guter Gesellschaft mit seinen Vorgängern befindet. Morgen werde ich zu Bauer Hinrich fahren und mir Herbert Nummer dreizehn holen, damit seine Schar junger Hühner nicht einsam ist. Kein Voodoo. Keine Zauberei.« Oma zwinkert und dreht sich mit dem mausetoten Herbert um.

Tara macht so etwas wie: »Tzzz.« Und ich sehe noch, wie Oma mit Herberts Flügeln zum Abschied winkt.

Der Arme Herbert, tot. Einfach so. Und ich habe nichts damit zu tun. Ich schwöre es!

Hinter mir fährt ein Wagen auf den Hof. Jo. Er winkt freundlich und steigt aus.

»Herbert ist tot«, sage ich beiläufig, als er auf mich zusteuert.

»Oh, das ist aber schade«, meint er. Mann, der sieht ja richtig betroffen aus.

»Ja, wirklich schade«, sage ich leise und vermeide es, Jo anzuschauen. Ich habe wirklich gerade ein schlechtes Gewissen, weil ich dem alten Hahn den Tod gewünscht hatte.

Wir gehen nebeneinanderher und er legt unbeholfen den Arm um mich. »Weißt du, Lucinda. Manchmal muss ein Lebewesen einfach gehen, wenn seine Zeit gekommen ist.«

Ich blinzle. Denkt er etwa, ich bin traurig?

»Ja«, sage ich knapp und kicke einen Stein vor mir her.

Jo drückt mich kurz. »Hey, sieh es mal so. Er war schon sehr alt und hatte ein sehr schönes Leben hier auf dem Hof.«

»Stimmt, andere seiner Art enden recht früh als Brathähnchen«, gebe ich zu bedenken. So hätte ich Herbert auch manchmal gerne gesehen. Besonders morgens.

»Schön, also geht es dir gut?«, fragt Jo jetzt vorsichtig.

Ich muss lächeln. »Alle werden diesen Hahn vermissen«, sage ich und nehme ein wenig Abstand zu Jo, der mich immer noch tröstend tätschelt. »Besonders seine Hennen.«

Er lässt mich los und ich lächle ihn an, ohne es zu wollen.

»Die kommen darüber hinweg, glaub mir«, überlegt Jo und lacht einmal bitter auf. »Die haben ihn vergessen, sobald ein neuer Hahn hier ist.« Er macht eine kurze Pause. »Frauen«, gibt er hinterher und schüttelt dabei den Kopf.

»Was meinst du denn jetzt damit?«, frage ich verwirrt.

»Gar nichts, nur dass ihr manchmal schwer zu verstehen seid.«

»So ein Quatsch!«, verteidige ich unsere Spezies.

»Weißt du was? Ich wünsche mir, dass wir uns verstehen, Lu.« Jo sieht mich bittend an.

Oh Mann, der macht es mir jetzt gerade wirklich schwer, ihn nicht zu mögen. Ich räuspere mich unbehaglich. Dann fällt mein Blick auf seine Stiefel, die mit einer bräunlichen Flüssigkeit unbekannter Herkunft vollgeschmiert sind. Kacke? Kuhkacke?

»Tja, das Leben ist kein Wunschkonzert, nicht wahr?«, trällere ich fröhlich und trete vor ihm durch die Haustür, während er sich aus den schmutzigen Stiefeln quält. Dieser Bauer.

Ich schnappe nach Luft und falle beinahe aus dem Bett, als der Wecker auf einmal losschrillt.

»Aah!«, brülle ich und werfe mein Kopfkissen nach dem rasselnden Ungetüm. »Aus!«

Ich hatte ganz vergessen, wie laut der sein kann, denn die letzten Tage bin ich immer viel früher von Herbert geweckt worden. Aber Herbert, der alte Herbert Nummer zwölf, ist ja nicht mehr da. Eilig springe ich aus dem Bett und laufe zum Schrank.

»Mama!«, rufe ich heiser.

»Schätzchen?« Sie streckt ihren Kopf herein. »Was ist los?«, fragt sie verschlafen. Ihre Haare sind ein wahres Vogelnest und sie zieht gerade ihren Morgenmantel über.

»Machst du Frühstück?«, frage ich gehetzt. Eigentlich habe ich noch gar keinen Hunger, aber ich will sichergehen, dass ich noch etwas bekomme, bevor ich in die Pedale treten muss.

»Jo ist gerade dabei, Rührei zu braten.«

Jo?

»Muss der nicht zu seinen Kühen?« Ich bin überrascht.

»Heute nicht. Ist das nicht schön? Wir machen ein Familienfrühstück.«

»Warum?«, maule ich. Ich könnte kotzen vor Glück.

Mama hebt ihre Augenbrauen. »Weil das so ist?«, stellt sie klar.

»Oh. Ich werd' ja wohl noch mal fragen dürfen?«

»Das schon. Aber es gibt Unterschiede zwischen einer Frage und einer nörgelnden Frage.«

Ich möchte am liebsten mit dem Fuß aufstampfen, wie ich es mit fünf getan habe, wenn ich sauer war. »Ich nörgle doch gar nicht.«

»Aber es passt dir nicht, dass er heute Morgen hier ist.«

»Geht so«, sage ich und verziehe mein Gesicht dabei.

Mama kommt auf mich zu und drückt mich. »Sei doch nicht so eifersüchtig.«

Ich mache mich frei. Eifersüchtig? Ich bin nicht eifersüchtig! »Was geht denn jetzt ab?« Ungläubig schaue ich Mama an.

»Ich meine ja nur. Du bist so bockig, wenn es um Jo geht. Vielleicht denkst du, du würdest mich an ihn verlieren?« Ich schnaufe leise. »Das wird nicht geschehen, mein Engel«, tröstet Mama mich.

»Geht's noch?«, frage ich fassungslos.

»Sei nicht so. Du kannst mir nichts vormachen. Es ist nicht so leicht für dich, mein Schatz. Aber du musst damit klarkommen, dass es jemand Neuen in unserer Familie gibt, der mir wichtig ist. Und ich möchte, dass du dir *auch* Mühe gibst, Lucinda.« Mama sieht mich ernst an. Sie meint das alles so was von ernst, dass mir mulmig wird.

»Ihr kennt euch doch noch nicht lange. Vielleicht klappt das mit euch ja gar nicht? Soll in den besten Familien mit den besten Müttern vorkommen«, erzähle ich gelassen und beobachte Mama genau dabei. Sie schnappt einen Moment nach Luft wie ein Fisch auf dem Trockenen.

»Lu, du hattest deine Schonzeit, die ist aber langsam vorbei. Jetzt zeig bitte, dass du eine gute Erziehung genossen hast, ja?«

Ich hebe eine Augenbraue und sehe sie verblüfft an. Mama fährt sich mit einer verzweifelten Geste durch ihr Haar.

»Na, gut. Dann tu wenigstens so, als hätte ich dich gut erzogen, okay?« Jetzt stapft sie davon und ich verschwinde mit einem Türknallen im Bad.

Als ich in die Küche komme und mich an den Tisch setze, lächle ich mein schönstes Lächeln.

»Guten Morgen, Jo«, zwitschere ich wie die Vögel im Garten.

Er dreht sich überrascht zu mir um.

»Guten Morgen, Kullerkeks.«

Kullerkeks? Na toll. Wer kann sich hier nicht benehmen? Das ist doch die reine Provokation.

Er schwenkt die Pfanne mit dem Ei. »Rührei?«, bietet er mir freundlich an und ich lächle immer noch honigsüß.

»Gerne, lieber Jo.«

»Oh, ich auch noch etwas«, sagt Mama schnell, bevor er die Pfanne leeren kann.

»Das sind meine Mädchen.« Jo freut sich.

Ich stochere in dem Ei herum. Gar nicht angebrannt. Und es schmeckt sogar.

»Lucinda, ich wollte dich fragen, ob du heute Nachmittag mit mir zum Hof kommen möchtest? Ich habe dir doch von den Katzenbabys erzählt. Der Tierarzt hat sich für heute angekündigt. Und dafür müssen die Kleinen alle eingefangen werden, damit er sie sich ansehen kann. Wir wollen sichergehen, dass sie gesund sind.«

In mir hüpft es auf einmal aufgeregt. Mein Herz, das einen freudigen Salto macht. Aber da fällt mir Mamas erwartungsvoller Blick auf. Nee, so leicht wird er mich nicht um den Finger wickeln.

»Ich weiß noch nicht, ob ich Zeit haben werde. Trompete üben, Hausaufgaben …« Einen Schlachtplan überlegen, wie ich dich loswerde … Mein Lächeln sitzt immer noch wie eine Eins.

Mama sieht Jo ratlos an und ich stopfe mir schnell Rührei in den Mund. Nebenbei registriere ich, dass es wirklich sehr gut schmeckt. Vielleicht das beste, das ich je gegessen habe.

»Schade, ich dachte, du könntest mir helfen. Na, dann bitte ich jemanden anderen«, sagt Jo jetzt leichthin.

Moment mal! »Ich habe ja noch nicht Nein gesagt, oder?«, werfe ich mit vollem Mund ein.

»Ich muss aber planen, Kullerkeks.«

Da ist es wieder, dieses Wort, ich verenge die Augen. »Okay, ich mach's. Aber nur weil du es bist«, sage ich gönnerhaft zu Jo, und Mama grinst doof. »Was denn?«, frage ich leicht genervt.

»Nichts, nichts. Soll ich dich heute in die Schule fahren?«, wechselt Mama das Thema.

»Lass mal lieber, Bernadette. Sie kann nach der Schule gleich zum Hof kommen. Sie weiß ja, wo es langgeht. Und Bewegung ist immer gut, stimmt's, Lucinda?«, plaudert Jo und grinst mich dabei an.

War das jetzt ein Geheimcode für irgendwas? So was wie: Lass sie sich ihren Bauch abtrainieren? Ich schaue an mir herunter.

»Ich brauche keine Bewegung«, stelle ich klar.

»Ich mein ja nur. Frische Luft ist gesund, oder nicht?«, meint Jo.

»Wie gesund kann die schon sein. Du bist ständig draußen und doch bist du so, wie du bist«, halte ich dagegen und stehe schnell auf, bevor Mamas Blick mich umbringt.

Jo lacht. »Deine Tochter ist tatsächlich sehr empfindlich.«

»Vielleicht solltest du behutsamer sein?«, höre ich Mama leise sagen, als ich in den Flur gehe und meine Schultasche hole.

»Bernadette, behutsamer geht's ja schon nicht mehr. Noch samtigere Handschuhe gibt es nicht.«

Ich stelle mir Mamas Blick vor, den sie Jo jetzt zuwirft. Der ist bestimmt nicht ohne, denn danach sind beide still.

Weil ich spät dran bin, muss ich die letzten Meter zum Klassenraum sprinten. Als ich ankomme und die Tür hinter mir schließe, verstummen schlagartig alle Gespräche. Auffällig unauffällig sehen viele zu mir herüber und der ein oder andere grinst seltsam. Was ist denn jetzt los? Eilig überprüfe ich meine Kleidung, ob alles gut sitzt. Habe ich was im Haar? Nein, auch nicht.

»Hey, Lu«, ruft Frederik, dreht sich mit dem Rücken zu mir und umarmt sich selbst, sodass seine Hände an seinen Rippen auf- und abstreichen, was aussieht, als würde ihn jemand umarmen. Dann macht er Knutschgeräusche.

»Ja, sehr witzig«, sage ich und lache verunsichert. Hinter mir kommt unser Lehrer herein.

»Guten Morgen, alle zusammen.«

Ich eile zu meinem Platz. Als ich an Julian vorbeilaufe, meidet der meinen Blick.

»Ey, Lucinda, wollen wir Plätze tauschen?«, fragt Tom, Julians Sitznachbar.

Ich runzle die Stirn und gehe weiter. WUMMS! Erschrocken sehe ich mich noch mal um.

Tom liegt jetzt mitsamt dem Stuhl auf dem Boden.

»Bist du scheiße, Alter?«, fragt er ächzend in Julians Richtung. Der zuckt nur die Achseln und verschränkt die Arme vor der Brust, bis sein Blick auf mich fällt.

»Impulskontrollschwäche. Sorry, Alter«, sagt er nun sauer.

»Tom!«, kommt es von der Tafel. Der Lehrer sieht wenig erfreut aus. »Kippeln ist und bleibt verboten.«

»Ich hab nicht …«, beginnt Tom und wird zum Schweigen gebracht.

»Willst du die Klassenordnung abschreiben?«, fragt der Lehrer.

Tara sieht belustigt zu mir, als ich mich auf meinen Stuhl setze. Kurz darauf fliegt mir ein zusammengeknüllter Zettel an den Kopf. Aua! Was sollte denn das jetzt? Zögerlich falte ich ihn auseinander.

Willst du mit mir gehen? Kreuze an: Ja, nein, vielleicht. Julian.

Der ist ganz sicher nicht von Julian. Dessen Schrift habe ich schon gesehen und diese hier ist viel zu akkurat und sauber. Ich reiße meinen Blick hoch und suche den Verfasser des Briefes. Tara sieht viel zu schnell weg, als ich sie ansehe. Dann wird mir ein weiterer Brief zugeschoben, den ich eigentlich gleich zerreißen will. Aber dann winkt Lil und signalisiert mir, dass er von ihr ist.

Hallo Lu, Tara hat heute Morgen jedem, der es hören wollte, erzählt, dass du total in Julian verknallt bist. Stimmt das? Erschrocken sehe ich hoch. Lil schaut mich immer noch an. Ich schüttle verbissen den Kopf. Nein, verflucht!

»Heute werden wir mit dem Thema altes Ägypten beginnen«, höre ich den Lehrer sagen und sein Blick streift mich fragend, weil mein Mund noch immer offen steht. Mit jedem Herzschlag spüre ich, wie ich blass werde vor Wut und Scham. Wie konnte diese scheißblöde Kuh Tara so was erzählen? Das habe ich doch nie gesagt!

Tara sieht vergnügt in die Runde und meldet sich zu den Erzählungen unseres Geschichtslehrers. Diese scheinheilige Snitch! Hinter-meinem-Rücken-Lästerin!

Ich versuche, mich hinter meinem Buch zu verstecken, doch es gelingt mir nicht. Herr Dunker nimmt mich dran und natürlich habe ich seine Frage nicht einmal gehört.

»Bitte?«, frage ich kleinlaut.

»Was die Ägypter mit ihren Toten getan haben, wollte ich wissen.«

»Oh. Begraben ja offensichtlich nicht, das wäre zu einfach, oder?«, frage ich zurück und grüble. Der Geschichtslehrer hebt eine Augenbraue und ich kann nicht anders, ich muss zu Julian sehen, der schnell meinem Blick ausweicht. Oh, Mann. Dem war das sicher genauso peinlich wie mir. Meine Ohren glühen. Konzentrier dich, Lucinda Wolff, murmle ich mir selbst zu. »Ich glaube, sie haben sie eingewickelt, um sie haltbar zu machen.« Ich versuche alle anderen in diesem Raum auszublenden, auch Tara, die freundlich zu mir herüberlächelt, als könnte sie kein Wässerchen trüben.

»Ja, schon ganz richtig. Genau genommen, haben sie sie konserviert. Zunächst haben sie die Eingeweide und das Gehirn entfernt …« Herr Dunker erzählt etwas zu ausführlich, wie die Ägypter das taten.

In meinem Magen rumort es und ich schlage mir die Hand auf den Mund. Ich springe so schnell von meinem Stuhl, dass er mit einem Scheppern umfällt.

Herr Dunker dreht sich alarmiert zu mir um.

»Entschuldigung, ich muss weg«, presse ich hervor, greife mir meine Tasche und renne aus dem Raum. Ich höre noch das Tuscheln.

»Was hat die denn jetzt?«, fragt Frederik.

»Die ist liebeskrank«, erklärt Kim und andere lachen. Herr Dunker ruft mir etwas nach, das ich nicht verstehe, und dann klappt die Tür hinter mir ins Schloss.

Ich hatte ja keine Ahnung, dass einem vor Scham so schlecht werden kann. Wie konnte Tara so einen Mist erzählen und mich dabei noch so scheinheilig angrinsen?

Ich verziehe mich auf die Toiletten und schließe mich ein.

Nachdenken. Einfach nachdenken. Was soll ich denn jetzt tun? Nach Hause abhauen und schwänzen? Wenn das rauskommt, habe ich auch noch Mama am Hals. Andererseits, vielleicht bekommt sie ja gar nichts mit?

Nachdem ich mir zum Trost ein Eis aus dem Supermarkt gegönnt habe, fahre ich vorsichtshalber durch den kleinen Wald nach Hause, sodass ich an der Gartenseite des Hauses ankomme. Niemand bemerkt, wie ich durch den Seiteneingang in der Wohnung verschwinde. So weit, so gut.

Und jetzt? Fernsehen? Gute Idee, das lenkt ab. Denn sobald ich an die Schule denke, pocht die Wut auf Tara in meinem Bauch. Ich schlurfe auf Socken durch die Küche, greife mir im Vorübergehen eine Handvoll Kekse aus der Dose und drehe mich in Richtung Wohnzimmer. Aber als ich dort ankomme, laufe ich in jemanden hinein.

Verdammt! Einbrecher! Mein Herz bleibt kurz stehen, ich stolpere zurück und der Mann, in den ich gelaufen bin, schreit laut auf. »Uaah!«

Ich erstarre und kann augenblicklich die Aufregung von Lils Oma nachvollziehen.

»Was machst du hier?« Jos Augen scheinen aus seinem Schädel springen zu wollen, so erschrocken sieht er aus.

Ich versuche derweilen, wieder Luft zu bekommen und meine Blase unter Kontrolle zu halten, damit ich mir nicht in die Hose mache vor Schock.

»Und du? Was machst du hier?«, presse ich hervor. Immerhin

wohnt er ja noch nicht hier. Oder doch? »Mann, du hast mich zu Tode erschreckt!«, keuche ich.

»Solltest du nicht in der Schule sein?«, fragt Jo und streicht sich die wirren Haare aus dem Gesicht. Dann drückt er hinter seinem Rücken die Schublade von Mamas Aktenschrank unauffällig zu.

»Solltest *du* nicht bei deinen Rindviechern sein?«, frage ich zurück.

Jetzt runzelt er die Stirn. »Werd mal nicht frech, Kullerkeks.«

Blödmann! Er umrundet mich und ich habe das Gefühl, er studiert mich dabei wie ein Forscher eine seltene Spezies. »Sag mal, schwänzt du?«, fragt er doch tatsächlich und ich spüre, wie mir die Hitze im Gesicht aufsteigt.

»Nein, natürlich nicht«, sage ich empört und voller schlechtem Gewissen. »Mir ist nicht wohl, deshalb musste ich nach Hause«, erkläre ich.

»Ach, deshalb auch die Kekse in deiner Hand, oder?« Ein Grinsen zuckt kurz in seinem Mundwinkel. »Ja, ja. Die habe ich auch immer am liebsten gehabt, wenn es mir so richtig mies ging.«

Mist! Dieser verdammt, verdammte Blödmann.

Er denkt kurz nach. »Soll ich deine Mama anrufen, damit sie dir noch einen Kakao mit Sahne macht?«, fragt er und nimmt den Telefonhörer.

Ich verziehe mein Gesicht, weil mir gerade wirklich übel wird. »Nicht nötig. Ich gehe gleich schlafen.« Zögerlich mache ich ein paar Schritte nach vorn.

»Ja, Schlaf ist die beste Medizin.« Jo zwinkert und lässt mich vorbei. Eilig verdrücke ich mich in mein Zimmer.

Jo kommt mir noch einmal hinterher. »Und was ist mit den Katzen?«

Oh, die Katzenbabys. Da war ja was.

»Vielleicht geht es mir ja später besser?«

»Meinst du?«, fragt er misstrauisch.

Ich beiße mir zornig auf die Unterlippe. »Wenn es mir besser geht, komme ich zum Hof«, presse ich hervor. Vielleicht sollte ich Jo doch mal in Oma Käthes Keller locken. Vielleicht holt ihn ja der Teufel?

»Na gut. Ich erwarte dich.« Weg ist er.

Später fällt mir auf, dass Jo mir gar nicht erzählt hat, warum *er* um diese Zeit in der Wohnung war. Und was er an Mamas Schrank zu suchen hatte, an den nicht einmal ich randarf.

Ich drücke meine Nase an das kalte Fensterglas und schaue hinaus. Ist das Omas Wagen, der da auf die Einfahrt donnert? Warum fährt die eigentlich immer so schnell? Als sie bremst, wirbelt sie eine ganze Menge Staub auf, der zu einer dicken Wolke wird. Dann steigt sie aus, winkt auffordernd zu mir hoch und geht zum Kofferraum.

Schnell trabe ich die Treppe runter und sprinte auf den Hof.

»Lu, komm und hilf mir mit Herbert Nummer dreizehn. Der ist ganz schön widerspenstig, der junge Gockel.«

Ich staune nicht schlecht, als Oma Käthe einen Käfig aus dem Auto hievt und ich den Hahn entdecke. Er kräht einmal wütend und beäugt mich, während ich meinen Finger durch die Stangen schiebe.

»Hey, das würde ich bleiben lassen«, sagt Oma und im selben Moment hackt der Kack-Hahn mir auch schon in die Hand.

»Aua!«, schimpfe ich und für einen Moment sieht der Hahn ernstlich betroffen aus, bevor er wieder erneut Radau macht und in seinem Gefängnis flattert.

»Ruhig, Herbert«, versucht Oma ihn zu besänftigen, und stellt den Käfig beim Hühnerstall ab. Die fünf kleinen Hennen kommen neugierig herübergelaufen. Sie machen leise glucksende Geräusche, als würden sie sich darüber unterhalten, wie sie den Neuen finden.

»Der sieht haargenau so aus wie Nummer zwölf«, stelle ich erstaunt fest. »Das ist ja der absolute Wahnsinn.«

»Ja, das ist der Sinn meiner Unternehmung. Herbert muss immer gleich bleiben.« Oma sieht mich mit einer Mischung aus Wehmut und Freude an. »Herbert Nummer eins habe ich von deinem Opa geschenkt bekommen, weißt du? Er erinnert mich an ihn.«

»Soll ich ihn herauslassen?«, frage ich und hocke mich vor den Käfig. Hinter mir tummeln sich schon seine neuen Mädels, die sich gegenseitig weghacken, um die Erste beim Gockel zu sein.

»Schau sie dir an, die Weiber. Wie im wahren Leben, nicht wahr?« Oma lacht keckernd los und ich muss auch grinsen.

»Ja, vielleicht.« Eine schnelle Bewegung und ich öffne die Tür. Viel zu flott ist der Hahn draußen. Ich sehe seine scharfen Krallen auf mich zukommen und plumpse rückwärts in den Mist. Seine Schar gackert wild und rennt wie vom Affen gebissen auseinander.

»Vorsicht, Kind!«, ruft Oma und ich kann mich gerade noch unter einer neuen Attacke von Herbert wegducken.

Oma greift nach dem Besen an der Hühnerstallwand.

»Benimm dich, du kleiner Scheißer!«, schimpft sie und gibt Herbert einen Schubs, der ihn einige Meter weit fliegen lässt. Empört krakeelt er herum, bevor er sich wieder fängt und wie ein Poser herumstolziert.

»Was für ein Idiot«, stelle ich fest und rapple mich auf. Ich wünschte, er hätte sich bei seinem Angriff ein paar Stacheln geholt!

»Den lassen wir erst mal ankommen«, sagt Oma gelassen und geht zum Auto. »Lucinda, hilf mir mit den Einkäufen, ja?«, fordert sie und klatscht dabei in die Hände. Manchmal hat sie etwas von einem Feldwebel bei der Bundeswehr. Die können auch so toll kommandieren.

Ich gehorche und schleppe eine Tüte nach der anderen ins Haus.

»Oma, was hast du denn alles eingekauft?«, frage ich und wühle in einer der Taschen.

»Finger weg.« Sie klopft mir auf die Hand. »Ich koche am Wochenende groß. Du kannst auch kommen.«

»Was gibt es denn?«, frage ich.

»Überraschung.«

Ich zucke mit den Achseln.

»Was ist eigentlich los mit dir? Ist dir etwas über die Nieren gelaufen?«, fragt Oma und sieht mich skeptisch von der Seite an.

»Heißt das nicht über die Leber gelaufen?«, frage ich zurück.

»Wie auch immer. Deine Aura flackert.«

Ich will gerade die Augen verdrehen, weil sie wieder mit diesem Aura-Quatsch anfängt, da bekomme ich einen Klaps in den Nacken.

»Du sollst nicht mit den Augen rollen und dich über deine Oma lustig machen.«

Kann sie jetzt auch noch hellsehen? Echt creepy.

»Hab ich doch gar nicht«, protestiere ich halbherzig.

»Komm mit!« Oma zieht mich mit sich in das kleine muffig riechende Gästezimmer, in dem ich früher schon einmal übernachtet habe.

»Schau einmal, was dort auf dem Tischchen steht«, sagt sie fröhlich und ich traue meinen Augen nicht.

»Oh, Oma. Sie ist wieder ganz.« Die bunte Engelslampe hatte mich schon immer fasziniert. Sie strahlt ein ganz besonders warmes Licht ab und ich hatte sie bei unseren Besuchen immer als Nachtlampe benutzt. Leider war sie mir das letzte Mal heruntergefallen und dem Engel waren die Flügel abgebrochen. Ein Engel ohne Flügel, das hatte etwas Tragisches an sich. Ich hatte jämmerlich geheult deswegen.

»Sie gehört jetzt dir, Lucinda. Du kannst sie mit nach oben nehmen, wenn du magst.«

»Oh, Oma. Das ist supergenial«, rufe ich aus und falle ihr um den Hals.

»Ganz ruhig, du kleines Monster. Bring deine Oma nicht gleich um die Ecke deswegen.«

Ich lass sie schnell wieder los. »Du bist super, Oma.«

So übel, wie ich dachte, ist sie gar nicht. Seltsam, wie sehr ich es gehasst hatte, bei ihr wohnen zu müssen. Und nun gewinne ich sie jeden Tag ein bisschen lieber.

Sie streicht sich ihren Rock glatt und zwinkert mir zu, als könne sie meine Gedanken hören.

»Oh, ja? Ich bin super?«, fragt sie. »Schön, da werde ich dich dran erinnern, wenn du das nächste Mal über mich schimpfst.«

»Mache ich doch nie«, sage ich schnell und nehme den kleinen Engel vorsichtig an mich.

»Achte aber darauf, dass die Lampe nicht mit Stoff in Berührung kommt, Lu. Die Glühbirne wird sehr heiß«, ermahnt mich Oma, während sie mir die Tür zum Flur aufmacht.

»Ich pass auf, versprochen.«

Oma lächelt süß und ihre Grübchen vertiefen sich dabei. Vielleicht ist der Tag doch nicht ganz so mies, wie ich dachte.

Also beschließe ich gegen Nachmittag, zu Jos Hof zu fahren und mich mit den Katzenbabys zu beschäftigen.

Als Jo mich entdeckt, strahlt er übers ganze Gesicht. Ich kann nur nicht deuten, ob es ein Schön-dass-du-da-bist-Lächeln oder ein Wusste-ich-doch-dass-du-nicht-krank-bist-Lächeln ist.

Jo zeigt mir seinen Hof, aber nach dem ersten stinkenden Stall mit riesigen Rindviechern habe ich genug gesehen. Ich rümpfe die Nase.

»Okay, du weißt schon, dass ich Magenprobleme habe, oder?« Meine Finger streichen über einen Holzbalken und sind danach schwarz. Iiih!

»Ich dachte, du willst vielleicht etwas vom Hof sehen?«, fragt Jo vorsichtig.

»Ja, die Katzen«, sage ich eilig.

Jo zuckt die Achseln, genau wie es Julian immer tut. »Na gut. Die sind in der Scheune.« Jo angelt nach einem Katzenkorb, den man verschließen kann. »Hier, den wirst du brauchen. Es müssten fünf sein und es wäre gut, wenn du sie einfangen könntest und in die Box hier sperrst.«

Ich folge ihm in ein anderes Gebäude, das Gott sei Dank nicht so bestialisch stinkt.

»Wenn du sie alle hast, ruf mich. Der Tierarzt wird bald kommen.«

Ich nicke. Jo stellt mir eine Leiter an den Heuboden. Ich klettere die zehn Sprossen hinauf und angle nach dem Korb, den Jo mir reicht. Sofort höre ich das leise Mauzen und schiebe mich über den Bretterboden zu den Heuballen.

»Miez, miez«, mache ich leise und mein Herz fängt an zu hüpfen, als das erste flauschige Köpfchen aus einem losen Heuhaufen guckt. Oh mein Gott! Wie süß ist das denn?

Ich strecke meine Hand aus und das schwarz-weiße Kitten läuft auf mich zu. Während ich es hochnehme, schnurrt es laut und ich kraule ihm das Köpfchen.

Plötzlich kommen drei weitere, die ebenso schwarz-weiß sind, aus dem Heu heraus. Eines nach dem anderen stecke ich behutsam in den Korb. Mann, sind die noch winzig. Aber hatte Jo nicht gesagt, es seien fünf? Ich laufe auf dem Heuboden herum und lausche. Nummer fünf bleibt verschwunden. In dem Moment, in dem ich aufgeben will, höre ich ein anderes Maunzen, das nicht aus dem Korb kommt. Ich folge ihm, klettere über

Heuballen, über Strohballen und erklimme einen wahren Berg von beidem. Was ich dann finde, hätte ich lieber nicht gesehen! Als Erstes sind da die ganzen Federn, die auf einem der Ballen verstreut liegen. Ein munteres Kätzchen fängt meine Aufmerksamkeit ein. Aber dann schnappe ich nach Luft. Meine Finger fassen in etwas Blutiges.

»Uaaah!«, brülle ich und falle fast vom Heuberg. Eine tote Taube glotzt mir mit starren Augen vorwurfsvoll entgegen. »Scheiße!« Hektisch wische ich meine Finger am Heu ab und angle schnell nach der kleinen Katze, die mir tatsächlich in den Finger zwickt und ein kämpferisches Fauchen hören lässt. »Na so was. Spinnst du?«, schimpfe ich und drücke sie sacht an meine Brust. Ich hüpfe von den Ballen runter.

»Da hat deine Katzenmama aber ein ganz schön großes Mittagessen erlegt«, keuche ich atemlos.

Das Kätzchen beruhigt sich endlich und hört auf zu zappeln. »Oder warst du das am Ende?«, frage ich und halte das maunzende Miezchen vor mein Gesicht, um es zu betrachten.

»Hast du alle?«, fragt Jo, als ich gerade die kleine Kämpfernatur in den Korb zu ihren Geschwistern verfrachte. »Ja, habe ich. Und falls es dich interessiert, dort hinten im Heu liegt eine Leiche.«

Jo sieht in etwa so aus wie ich, wenn Papa mir Bruchrechnen beibringen will.

»Dort hinten liegt ein Opfer. Etwas, das in das Beuteschema einer Katze passen könnte«, versuche ich es noch mal.

»Was?«, fragt Jo, und ich glaube, er ist mit den Gedanken woanders.

»Eine Taube. Dort liegt eine ausgeweidete Taube«, erkläre ich und denke daran, dass ich mir schnell die Finger waschen muss. Ich habe mal gehört, dass sich Leichengift ausbreiten und zu ernste Gesundheitsschäden führen kann.

Hinter Jo taucht plötzlich jemand auf. Ein grauhaariger Mann mit Befehlston. »Jetzt aber schnell, Kinder. Zeit ist Geld. Tierärzte sind teuer!«

Der würde gut zu Oma passen. Und weg ist er wieder.

»Das ist mein Vater. Der einstige Hofbesitzer«, erklärt mir Jo und hilft mir vom Heuboden. Dann folge ich ihm zum Haupthaus.

Der Tierarzt ist eine stämmige Frau mit leiser Stimme. Sie betrachtet alle Miezen der Reihe nach, dreht sie von rechts nach links und von oben nach unten. Die Kleinen protestieren laut und diejenige, die am lautesten faucht und murrt, ist das einzige Mädchen in dem Wurf. Am liebsten würde ich diese eine mit nach Hause nehmen und in meinem Zimmer vor Mama verstecken.

»Oh, du Süße. Willst du mit mir kommen? Ja?«, sage ich leise zu ihr und drücke sie an mich.

Jos Blick fällt skeptisch aus. »Wir brauchen sie hier, zum Mäusefangen«, sagt er viel zu schnell. Dafür werfe ich ihm schon mal einen bitterbösen Blick zu, als ich die Kätzchen wieder in den Stall bringe, um sie alleine zurückzulassen.

Am nächsten Morgen bin ich hundemüde, weil der dusselige neue Herbert mit dem ersten Sonnenstrahl, um ungefähr vier Uhr dreißig schon herumgekräht hat. So ein Trottel.

Ich fahre also mit immer noch halb geschlossenen Augen und etwas zu spät zur Schule und gerate dabei in eine seltsame Situation.

Gerade als ich mein Fahrrad abstelle, entdecke ich den Jungen, den die Monster-Isa das letzte Mal mit einem alten Kaugummi füttern wollte. Drei weitere Typen, etwas älter, schätze ich, stehen um ihn herum und schubsen ihn von einer zur anderen Seite. Diesmal verhalte ich mich so unauffällig, wie es geht.

»Du kriegst gleich so richtig auf die Fresse, du Opfer«, zischt der eine, der aussieht, als hätte Mami ihm die Haare mit einer Schermaschine geschnitten und dabei versehentlich mehrere Löcher in die Frisur gemäht.

»Mann, lass mich einfach in Frieden, ja?«, jammert der Junge, während er am Kragen in die Luft gezogen wird.

Oh, oh. Das sieht wirklich nicht gut aus für ihn.

»Was hab ich denn gemacht, he?«, fragt er noch panisch und zappelt mit den Beinen in der Luft.

»Du hast uns nicht bei der Frau Bischoff verpetzt, wegen dem Rauchen, oder was?«, zischt der eine.

»Wegen des Rauchens«, sage ich viel zu laut und erschrecke mich, als alle Köpfe der Typen zu mir schwenken. Aber ehe ich mir überlegen kann, ob ich vielleicht ganz schnell die Beine in die Hand nehmen und rennen sollte, geschieht das Unfassbare. Isa, das Monstermädchen, taucht wie aus dem Nichts hinter den Typen auf, greift zwei der Jungs an den Köpfen und donnert die mit Schmackes gegeneinander. Rumms!

Die Jungs gehen sofort zu Boden und robben dann jammernd

zur Seite. Isa packt den Größten, den mit der gelöcherten Militärfrisur, und reißt ihn von dem Opfer weg, das wie ein nasser Sack rücklings auf den Boden fällt.

»Verpiss dich mal ganz schnell, ja?«, kreischt das Monstermädchen. Soldatenfrisur kapituliert. »Der gehört nämlich mir!«, brüllt Isa wie eine Verrückte und ich schwöre, ihre roten Haare lodern dabei.

Das Opfer, also der arme Junge im Dreck, schaut den Flüchtenden völlig verdutzt hinterher.

Ich presse mir die Hände auf den Mund, denn ich glaube, Isa holt zu einem Schlag aus, um dem Jungen auf dem Boden jetzt den Rest zu geben. Oder etwa doch nicht?

»Sag mal, bist du eigentlich bescheuert?«, fragt Isa den Jungen, dessen Hose voller Modder ist, und hilft ihm aufzustehen.

»Was hast du denn mit denen zu schaffen?«, fragt sie und deutet in die Richtung, in die die drei Vollpfosten verschwunden sind.

»Keine Ahnung, ehrlich. Die denken, i-i-ich hätte sie und die neue geheime Raucherecke verraten«, stottert er. »Hab ich aber nicht«, beteuert er abermals seine Unschuld.

Ich gehe langsam rückwärts und stoße dabei ein Fahrrad um. In freier Wildbahn hätte ich sicher wenig Überlebenschancen, so unauffällig, wie ich mich bewegen kann.

»Was glotzt du so blöde? Willst du ’ne Abreibung?«, fragt Isa gefährlich und ich möchte nicht nur ein Kaktus sein. Lieber wäre mir ein unsichtbarer Kaktus.

»Ich bin schon weg«, sage ich.

»Das ist auch besser so«, brüllt sie mir zu und tätschelt dem Jungen tröstend den Rücken. Der reicht dem großen Mädchen ein Snickers. Dann beginnt sie, mit ihm zu plaudern, als wären sie alte Freunde.

Ich biege völlig perplex um die Ecke und mache, dass ich zum Hauptgebäude komme.

Verrückt!

Einfach nur verrückt.

Aaaah! Verdammt! Wir haben gerade Sport und ich muss einen Handstand machen. Das ist im Grunde nicht das Problem. Meistens kann ich einen Handstand, aber durch das ganze Gekicher von Kim und den Rübenzwillingen bin ich so was von abgelenkt, dass ich immer wieder zur Seite wegkippe. Frau Neiß guckt schon die ganze Zeit.

Julian schlendert jetzt zu allem Überfluss auch noch zu mir rüber.

»Kann ich dir helfen?«, fragt er grinsend. »Sieht aus, als hättest du Probleme.«

»Nein, gar nicht.« Vorausgesetzt er lässt mich in Ruhe und meine Unfähigkeit fällt nicht weiter auf.

Da eilt Frau Neiß schon in großen sportlichen Schritten zu mir. »Warte, Lucinda. Ich helf dir. Du wirst schon sehen, mit ein bisschen Schwung klappt es wie geschmiert.«

Oh, nein. Lieber nicht. Alle Blicke sind auf mich gerichtet. Ich beiße die Zähne zusammen und versuche es erneut.

Frau Neiß packt mich fest an meinem Hosenbund, damit ich mit den Beinen ganz nach oben komme.

»Körperspannung, Lucinda. Körperspannung«, kommandiert sie. Ich straffe die Beine und meinen Hintern.

Frau Neiß fasst zu fest zu und reißt so doll an mir, dass meine Hose verrutscht.

Ich halte den Atem an, als es an meinem Allerwertesten luftig wird.

»Ha, guck mal!«, brüllt der Erste los. »Sie hat Delfine auf dem Schlüpfer!«

»Und ein Muttermal am Arsch, das die Form von Italien hat«, sagt der Nächste.

Mein Kopf platzt fast vor Scham ... und weil ich verkehrt herum stehe.

Frau Neiß lässt mich los und ich kippe wenig elegant zur Seite, was alle zum Lachen bringt. Wirklich alle. Und auch wirklich alle haben gerade meine Pobacken gesehen.

Ich kann ganz sicher nie wieder in diese Schule gehen.

Auf gar keinen Fall!

Warum passiert so was immer mir?

Ich werde in ein anderes Land auswandern müssen. Mama würde sicher nicht mit nach Timbuktu oder Kambodscha kommen wollen, also würde ich Mama verlassen müssen, sie zurücklassen mit dem Bauern und einer unbestimmten Zukunft inmitten von Tierdung und schlechten Gerüchen. Eigentlich will ich meine Mutter nicht verlassen, aber wenn es die Umstände nicht anders erlauben ...

Ich könnte natürlich auch einfach tot umfallen, aber das klappt ja bekanntlich nicht so leicht auf Bestellung.

Ich rapple mich auf und stapfe davon. Weg von meinen dämlichen Mitschülern und von Frau Neiß, die versucht, die Wogen zu glätten.

»Lu, warte doch mal«, ruft mir Lil hinterher und ich beschleunige meine Schritte in Richtung der Umkleiden. Mein Gesicht glüht vor Beschämung. Ich will einfach nur raus aus der Turnhalle. Noch immer höre ich das Gekicher hinter mir und spüre Julians Blick in meinem Rücken.

»Ist doch alles nicht so schlimm. Man konnte nichts sehen, was dir peinlich sein müsste«, versucht Lil mich zu beruhigen und hält mich am Arm zurück.

Mir bleibt immer noch die Spucke weg und mir fällt auch nichts Gescheites ein, das ich sagen könnte. Außer, dass wir für immer Abschied von einander nehmen müssen, weil ich in ein anderes Land ziehen würde.

Dann taucht Tara vergnügt in meinem Sichtfeld auf. »Aber zum Schreien komisch war es schon«, sagt sie und ich spüre, wie mein Nacken vor Hitze prickelt. »Das hättest du selbst sehen müssen, echt …« Sie grunzt einmal vor Lachen, ihre grünen Augen funkeln. Sie sieht plötzlich aus wie ein kleiner gehässiger Kaktus. Einer mit hauchfeinen dünnen Stacheln. Die Art, die in der Haut stecken bleibt und eitrige Entzündungen verursacht.

»Schön, dass du etwas zu lachen hast«, zische ich wütend. »Aber für mich war das nicht so komisch!«

»Ach, hab dich nicht so, Lu. Ist doch nur Spaß.«

»Wir können das ja noch einmal wiederholen, aber diesmal mit dir in der Hauptrolle, was denkst du?«, giftet Lil jetzt an meiner Stelle, und ich steuere die Umkleide an.

»Lu, der Unterricht ist noch nicht aus, bleib noch. Das gibt doch nur Ärger«, sagt Lil beunruhigt.

Dann ruft auch schon Frau Neiß und eilt uns nach.

»Kommando zurück, Ladys. Kommt bitte zur Aufstellung. Wir wollen Mannschaften bilden!«, erinnert sie uns streng.

Sie sieht sogar genervt aus und das macht mich nur noch wütender. Sie hätte sich wenigstens entschuldigen können.

Nachdem ich den Sportunterricht irgendwie überstanden habe, gehe ich als Erste auf den Hof. Dort wartet Julian auf mich und ich versteinere innerlich.

»Wir sollten mal reden, denkst du nicht?«, schlägt er vor und schlendert neben mir her.

»Worüber denn? Darüber wie peinlich oder lustig ich bin?«, frage ich genervt.

»Nee, ich dachte nur, dass es dich vielleicht interessiert, dass ich Taras Geschwätz nicht glaube. Du weißt schon, dass mit dem Verknalltsein und so. Oder stimmt es etwa?« Seine Frage ist vorsichtig gestellt, aber er sieht mich ernst an.

»Nein, natürlich nicht!«, sage ich empört und schaue ihm dabei nicht in die Augen. In meinem Magen brummen Bienen. Ob sie auch stechen können? Wie Kakteen?

»Okay, dann ist doch alles gut, oder?«, meint er.

Ich denke nach. Unabhängig von der Poblitz-Sache wäre es ein

Schritt in die richtige Richtung, um die Wogen zu glätten, die Tara aufgewühlt hatte.

»Ich weiß nicht, warum Tara so einen Schrott erzählt hat. Ich habe lediglich gesagt, dass ich dich nett finde. Verstehst du, *nett*. Nur nett, nichts weiter.« Ich knote mir mein Haar zu einem Zopf und schaue unauffällig zu Julian auf.

»Super, dann passt ja alles. Ich finde dich auch nett.« Seine Stimme hat einen Unterton, den ich nicht zuordnen kann.

»Also ist alles cool zwischen uns?«

»Klar, sag ich doch«, verkündet er feierlich.

Plötzlich tauchen einige Jungs aus unserer Klasse neben uns auf.

»Ach, sieh mal einer an. Die beiden bumsen gleich!«, ruft einer, und Julian bekommt einen Stoß in den Rücken, der ihn in meine Arme befördert.

Schnell lasse ich ihn los, als hätte ich mich verbrannt. Doch er ist mir immer noch ganz nah. Fast wie bei der kleinen Louise, deren hakenförmige Stacheln einen nicht mehr so schnell freigeben.

»Verpiss dich, du Spacko!«, schimpft Julian dem Jungen nach und stellt mich wieder auf die Beine.

Ich wende mich ab. Zu viel, das ist zu viel!

»Lu, warte, die beruhigen sich auch wieder«, versucht Julian es herunterzuspielen. Dann kommen die Nächsten und machen Knutschgeräusche, während Julian mir nacheilt.

Mann, merkt Julian denn nicht, dass er alles nur noch schlimmer macht, wenn er mir hinterherläuft?

»Lass mal gut sein, ja?«, sage ich und beschließe, ihm von jetzt an aus dem Weg zu gehen. Klammheimlich verziehe ich mich zu meinem Fahrrad. Kann einem von so einem Scheiß eigentlich schlecht werden? Ich bin krank. Richtig krank. Ich schwinge mich auf mein Rad und fahre nach Hause. Doch noch bevor ich ankomme, fängt es an, wie aus Eimern zu gießen. Was für ein Tag!

Tropfnass komme ich in den Flur und entdecke diesmal sofort Jos Stiefel. Hat der keine Arbeit? Keine Kuhscheiße, die er schaufeln muss? Ich lasse meine durchgeweichten Turnschuhe und die Jacke auf dem Boden liegen und schleiche weiter. Vielleicht schaffe ich es ja bis in mein Zimmer, ohne dass er etwas mitbekommt.

Dann höre ich ihn: »Alles nach Plan … komme gut voran«, sagt er und lacht heiser. Ich kann nur Bruchstücke verstehen und schleiche näher an die Küche heran. Er redet einfach zu leise.

»Ja, das sag ich dir doch, ich habe alles unentdeckt erledigt«, flüstert er verschwörerisch.

Ich halte die Luft an und lausche. Mit wem telefoniert er denn da? Was hat er unentdeckt erledigt?

»Nein, nein. Die beiden Hühner hier haben absolut keine Ahnung. Die Kleine ist zu sehr mit sich selbst beschäftigt und Bernadette habe ich abgelenkt«, plaudert er.

In mir schrillen plötzlich alle Alarmglocken. Was führt der im Schilde? Die wildesten Ideen rennen durch mein Gehirn. Vielleicht ist er ein Heiratsschwindler oder so was? Als ich mich noch näher an die Tür drücke, bleibt mein Rucksack an etwas aus dem Regal neben mir hängen. Klirr! Ich wirble herum und fange gerade noch rechtzeitig die Blumen auf, die sich auch auf dem Weg nach unten befinden. Uff!

»Ich muss auflegen«, höre ich Jo hektisch sagen, als er mich entdeckt. Sein Gesichtsausdruck sieht in etwa so aus wie meiner, wenn Mama mich bei etwas Verbotenem erwischt. Zum Beispiel, wenn ich unerlaubt ihren PC benutze und sie plötzlich früher nach Hause kommt. Ich schiebe die Blume zurück und betrachte die Sauerei auf dem Boden.

»Was machst du hier?«, fragt Jo säuerlich, während er sich in den Türrahmen lehnt und die Arme verschränkt.

»Ich bin krank«, erkläre ich und schaue auf den Scherbenhaufen hinunter.

»So, so. Schon wieder?«

Ich möchte ihn gerne fragen, mit wem er da telefoniert hat, beschließe dann aber schnell, es zu lassen. Schließlich will ich ihn nicht gleich spüren lassen, dass ich ihn durchschaut habe.

»Das hast du ja gut hinbekommen«, sagt Jo und deutet auf das Malheur vor meinen Füßen. »Im Ernst, Lucinda, warum bist du nicht in der Schule?«

»Ich bin krank.«

»Definiere krank.«

Wie jetzt? »Ich habe Magenprobleme und glaube, dass ich mich gleich übergeben muss.« Vielleicht sollte ich ihm vor die Füße kotzen? Ich schaue ihm giftig ins Gesicht, und eine Weile gibt es ein richtiges Blickduell.

»Ich glaube, ich sollte deine Mutter anrufen und sie informieren, dass du zu Hause bist.«

»Mach doch«, sage ich provozierend. »Dann erzähl ich ihr auch, dass du hier bist, so wie gestern. Und dass du herumschnüffelst.«

Oh, irgendwas tut sich in seinem Kopf. Er denkt nach und ich bin mir sicher, dass ihm diese Möglichkeit nicht gefällt.

»Jetzt schlägt's ja wohl dreizehn«, grummelt Jo und ich sehe, wie er um Fassung ringt. Ha! Erwischt! »Ich muss jetzt los, arbeiten. Und du …« Jo verstummt und fuchtelt mit seinem Zeigefinger vor meinem Gesicht rum. »Und du werd einfach wieder gesund.«

Jetzt sieht er versöhnlicher aus, aber ich versuche, ihn immer noch mit meinen Blicken zu erdolchen.

»Na gut, dann bis später, Kullerkeks.«

»Mal sehen. Heute Abend fahre ich zu meinem Vater«, sage ich zickig und lasse ihn stehen.

»Dann wünsche ich dir viel Spaß«, ruft er mir jetzt nach. Er braucht gar nicht so freundlich zu tun. Ich werde ihn auf jeden Fall im Auge behalten.

Als ich bei Papa ankomme, reißt er schon die Haustür auf und winkt, als ich noch nicht einmal aus Mamas Wagen raus bin. Ich setze meine Trompete an, blase eine Fanfare, dann renne auch ich auf Papa zu und springe ihm in die Arme. Er dreht mich einmal im Kreis, wie er es immer getan hat, als ich noch klein war, und ich muss aufpassen, dass ich keinen Drehwurm bekomme. Mama lädt derweil meinen Rucksack aus und geht auf ihre ehemalige Eingangstür zu. Sie betritt das Haus nicht mehr, hat sie mir vorher gesagt, weil es ihr schwerfällt. Zu viele Erinnerungen, die noch nicht ruhig genug sind.

Also verabschiede ich mich jetzt.

»So, mein Schatz. Ich wünsche euch ganz viel Spaß«, sagt sie, während sie mich eindringlich mustert.

»Werden wir haben, Bernadette.« Papa lächelt, seine Stimme klingt sanft, aber er vermeidet es, Mama anzusehen.

»Okay, dann bin ich morgen Nachmittag wieder hier, um Lu abzuholen«, sagt sie mit fester Stimme.

»Na klar, und bis dahin haben wir viel vor.«

»Oh, was denn alles?«, frage ich aufgeregt.

»Das ist eine Überraschung.«

Ich drücke Mama einen Kuss auf die Wange und laufe ins Haus. Es ist schön, wieder hier zu sein, und es fühlt sich immer noch wie zu Hause an.

Während ich die Treppe hinauf zu meinem alten Zimmer laufe, blase ich die fröhliche Fanfare weiter. Nur etwas lauter. Aber als ich angekommen bin und die Tür aufstoße, wechselt die Melodie zu einem Trauermarsch. Hatte ich eben noch gedacht, dass es sich wie zu Hause anfühlt? Mein Zimmer ist nicht mehr wiederzuerkennen. Eine Matratze liegt einsam in dem Raum, nur ein einzelner Teddy verweilt darauf, wie auf dem Sterbebett mit gefalteten Pfoten. Ich blase weiter die tragische Melodie und schaue mich um. Wenigstens steht die alte Winnie-Puuh-Kinderlampe neben der traurigen Schlafstätte. Und was ist das? Eine Nähmaschine auf dem Tisch? Ich laufe in das andere Zimmer und renne fast in eine Schaufensterpuppe ohne Kopf. Hier hat sich irgendjemand anderes mit seinem Krempel breitgemacht! Klamotten, ein Schreibtisch und noch eine Nähmaschine. Ich höre auf zu spielen, bekomme aber den Mund nicht ganz zu. Im meinem ehemaligen Bad stehen tausend Tiegelchen mit irgendwelchen Cremes und Flakons mit Parfum. Außerdem eine Zahnbürste in Pink und Handtücher mit Rosen darauf. Dann entdecke ich einen Pyjama mit ähnlichem Blumenmuster. Ich nehme ihn in die Hand und lasse ihn in die Badewanne rutschen.

»Wem gehört der ganze Krempel?«, flüstere ich und fahre zusammen, als Papa hinter mir auftaucht und antwortet.

»Emine wohnt jetzt hier, weißt du?«, erklärt er.

Ich atme schwer aus. Meine Trompete stößt gegen den Türrahmen, als ich mich blitzschnell umdrehe.

Einen Moment lang möchte ich in eine vorwurfsvolle Tirade verfallen und ihm aufzählen, warum so etwas nicht geht. Schließlich sind Mama und ich gerade erst ausgezogen. Die beiden sollen doch erst mal anständig heiraten, bevor Emine mir mein Zimmer wegnimmt.

»Okay«, hauche ich.

»Kannst du auch etwas anderes sagen, außer *okay?*«, fragt Papa jetzt und ich sehe, dass sein Auge zuckt. Das tut es manchmal, wenn er nicht so recht weiterweiß.

»Na gut«, presse ich hervor und denke nach. Die Welt dreht sich mir plötzlich etwas zu schnell.

»Lu, ist alles in Ordnung mit dir?« Papa greift mir unter die Arme und ich setze mich auf den Beckenrand der Badewanne.

»Sie ist wirklich toll und tut mir gut. Also, diese Beziehung tut mir gut, wenn du verstehst.«

Okay, diese Leier kenne ich von Mama: Mir steht auch ein wenig Glück zu, das Leben ist zu schnell vorbei. Auch Erwachsene brauchen Liebe und einen anderen Erwachsenen, mit dem sie ihr Leben teilen. Auf die Frage hin, ob ein Leben mit mir nicht reichen könnte, hatte Mama mich komisch angesehen und gesagt, dass ich das irgendwann verstehen würde. Aber das Irgendwann war noch nicht da, denn ich verstehe es definitiv noch nicht! Es könnte alles so schön sein: Mama und ich. Frauenpower und Glückseligkeit. Oder etwa nicht?

»Okay«, seufze ich einmal. »Ich glaube, ich muss einiges verkraften.«

»Ach, Lu. Schätzchen.« Papa setzt sich neben mich und faltet die Hände. »Was musst du denn noch alles verkraften? Willst du drüber reden?«

»Nee«, sage ich kurz.

»Ich bin mir sicher, du wirst Emine mögen. Du musst sie nur richtig kennenlernen.«

Muss ich also.

»Wenn sie ihren Kram wenigstens aus meinem Schlafzimmer heraushält, vielleicht.« Ich versuche zu lächeln.

»Das lässt sich arrangieren.« Papa klopft mir aufmunternd auf den Oberschenkel. »Es gibt viel Neues in deinem Leben, das ist nicht ganz leicht. Aber versuch doch mal, die positiven Seiten zu sehen.«

»Welche positiven Seiten?«, frage ich etwas bitter.

»Alles hat auch seine guten Seiten. Du musst nur genau hinschauen.«

Ich stehe auf und gehe in mein altes Zimmer. Erwin, die kleine Louise und Sigi hatten viel mehr Licht in diesem Zimmer. Das Fenster ist deutlich größer als in meinem neuen Zuhause.

»Na klar.« Ich schaue an die Zimmerdecke, als würde sie mir erzählen können, welche positiven Seiten dieses ganze Chaos hat.

»Willst du mir verraten, was du noch so alles vertragen musst?«, fragt Papa wieder.

»Nein, immer noch nicht.«

»Was mir beim Thema *vertragen* einfällt: Verträgst du vielleicht eine ordentliche Portion Spaghetti-Eis mit Sahne?« Er zwinkert lustig und ich muss lachen.

»Eis geht immer!«

»Das ist meine Lu. Sehr schön.« Er steht auf und reicht mir die Hand. »Ich muss dir aber gestehen, dass dort jemand auf dich wartet, um dich näher kennenzulernen.«

»Emine«, schlussfolgere ich.

»Der Kandidat hat hundert Punkte«, sagt Papa beiläufig und zieht mich an der Hand hoch.

»Und jetzt wird kein Trübsal mehr geblasen.« Schwups, meine Trompete nimmt er mir ab und wir gehen aus meinem Zimmer. »Du wirst schon sehen, es ist alles halb so wild. In ein paar Wochen kannst du dir nicht mehr vorstellen, dass es mal anders war.«

Ein doppeltes Hoch auf seinen Optimismus. Ich versuche zu lächeln.

»Und zwischen uns wird sich nichts ändern, Lu.«

»Versprochen?«, frage ich etwas milder und Papa wirft mir die Jacke zu.

»Indianerehrenwort.«

Im Eiscafé kommt Emine auf uns zu, sofort als wir hereinkommen. Sie steckt mich mit ihrer Aufregung regelrecht an, und als sie mich plötzlich umarmt, bleibt mir die Luft weg. Verdammt, warum bin ich kein Kaktus?

»Lucinda, ich freu mich so, dass du heute hier bist. Wirklich.« Sie strahlt und sucht Papas Blick.

»Ja, äh. Danke.« Dann kommt sie noch mal auf mich zu. Ich befürchte, sie will mich wieder drücken, und ich gehe einen Schritt zurück. Mann, das ist mir gerade einfach zu viel. Können mir die ganzen neuen Leute nicht vom Hals bleiben? Ich sehe entschuldigend zu Paps und wünsche ihn mit Emine zurück in den Dschungel.

»Papa, können wir uns nicht einfach setzen und bestellen?«

Emine trägt ihr Kopftuch lockerer als zuletzt und ich sehe, wie schwarz ihr Haar ist. Es kräuselt sich zu hübschen Locken.

»Natürlich, Schatz. Was magst du denn essen?«, will Papa wissen.

»Eine Eisbombe.«

»So eine riesige Portion?«, fragt er ungläubig zurück. »Das geht doch gar nicht in dich rein, kleine Dame.«

»Und ob.« Solange ich den Mund voll habe, brauche ich nicht zu reden. Richtig?

Ich stochere in meinem Becher herum und beobachte die Blicke, die sich Emine und Paps zuwerfen. Wie verliebte Dackel schauen die beiden sich ellenlang in die Augen. Mein Gott. Gibt es denn keine Medizin gegen so was? Das muss doch unglaublich ungesund sein. Während die beiden sich küssen, verdrehe ich die Augen und zwinge mich wegzuschauen. Als würden Mama und Jo mit ihrem Geturtel zu Hause nicht reichen. Ich dachte, ich hätte hier ein entspanntes Wochenende.

»Und du spielst tatsächlich Trompete, Lucinda?« Emine lächelt beeindruckt.

»Ja, tue ich«, sage ich mit vollem Mund.

»Erst runterschlucken, Lu«, ermahnt mich Papa und ich gehorche. Ah! Gehirnfrost. Mann, tut das weh!

»Sie spielt ziemlich gut«, wirft Papa stolz ein und das freut mich ein wenig, während ich den Schmerz verdränge. »Sie hat vorhin sogar einen Trauermarsch geblasen, als sie gesehen hat, dass du ihr Zimmer mit deinen Nähutensilien in Beschlag genommen hast.« Papa lacht kurz auf und Emine sieht total betroffen aus. Tja, manchmal kann er sehr unsensibel sein.

»Oh, das tut mir leid. Ich werde es gleich freiräumen, in Ordnung?«, fragt Emine und plötzlich tut sie mir einen Augenblick lang leid.

»Nein, es ist schon okay. Alles ist gut«, sage ich gelassen und kratze den Rest Vanilleeis aus dem Becher.

»Und was nähst du so?« Gibt es was Uninteressanteres?

»Ich bin Kostümbildnerin.«

Ich runzle die Stirn. »Was nähen die denn?«

»Ich nähe Theaterkostüme. Zum Beispiel Kleidungsstücke aus anderen Jahrhunderten, für mittelalterliche Stücke oder so.« Jetzt hat sie meine volle Aufmerksamkeit.

»Genial, kannst du auch so richtige Ballkleider oder Königinnenkleider?«, frage ich aufgeregt.

»Klaro. Ich kann dir den Theaterfundus einmal zeigen und auch die Stücke, die ich selbst angefertigt habe. Ein prächtiges Kleid aus dem Rokoko ist auch dabei.«

»Die Zeit, als die Frauen diese weißhaarigen, riesigen Turmfrisuren hatten?« Meine Stimme überschlägt sich.

»Nicht nur die Frauen, auch die Männer«, erklärt Emine, und wir quatschen eine ganze Weile über Mode aus anderen Jahrhunderten. Ich glaube nur, Papa wird dabei etwas langweilig.

Ich schaue auf meine Armbanduhr. Ella, meine kleine Cousine, läuft mir die ganze Zeit hinterher, weil sie sich langweilt, und geht mir damit gehörig auf die Nerven. Es war Mamas Idee, dass ich sie heute babysitten soll, damit Mama mit meiner Tante in Ruhe Probleme besprechen kann. Es nervt, wenn Mama so seltsame Ideen hat. Als würde ich mich als Kinderbetreuung eignen. Pah!

»Mann, Ella. Wie alt bist du jetzt?«, frage ich gereizt.

»Fast fünf. Wieso?« Sie zieht die Stirn kraus und rümpft dabei die Nase.

»Also, noch mal. Ich bin nur kurz draußen, sammle die Eier für Oma Käthe ein, und dann hole ich dich hier auch schon wieder ab und wir gehen zu Oma und helfen ihr beim Kochen.« Das war jetzt eine ziemlich lange Aufzählung. Ob Ella mir folgen konnte? Sie sieht schon wieder aus, als hätte ich Englisch oder Französisch gesprochen.

»Wir brauchen die Eier«, gebe ich zu bedenken. Heute gibt es nämlich Omas Festessen, für das sie so reichlich eingekauft hat.

Schnitzel Wiener Art mit Salzkartoffeln, Gemüse, glücklicherweise keinen Rosenkohl, den hasse ich nämlich, und ganz viel Nachtisch. Himbeertraum und Rote Grütze. Alles, was mein Opa Friedrich gerne gegessen hat. Denn heute wäre sein Geburtstag, wenn er noch da wäre. Oma kocht immer an Opas Ehrentag, wie sie ihn nennt.

»Klar so weit?«, frage ich jetzt Ella und hoffe, sie akzeptiert, dass sie *nicht* mit in den Hühnerstall soll. Der neue Herbert ist nämlich ziemlich garstig, wenn man seinen Hühnern zu nahe kommt.

»Du drückst dich doch nur davor, etwas mit mir zu machen«, sagt Ella und schmollt.

Ich hebe mahnend den Zeigefinger. »Jetzt fang bloß nicht an zu heulen, verstanden?« Ich überlege, was ich noch sagen könnte, da fällt mir die kleine Göre mit ihren braunen Kulleraugen ins Wort.

»Du drückst dich immer. Du kannst mich nicht leiden.«

Ich schnappe empört nach Luft. »So ein Schwachsinn! Ich drücke mich vor gar nichts.«

»Doch, das letzte Mal, als wir verstecken spielen wollten.«

Wann soll das denn gewesen sein?

»Stimmt gar nicht«, protestiere ich halbherzig.

»Doch! Ich sollte dich suchen und konnte dich nicht finden.« Sie verengt die Augen dabei zu Schlitzen und ihre Stimme wird zu einem wütenden Zischeln.

»Na, dann war mein Versteck eben gut, das ist doch der Sinn der Sache, oder?«, frage ich genervt.

»Du bist mit dem Fahrrad weggefahren«, sagt sie vorwurfsvoll. Dann macht Ella eine Pause und verschränkt ihre kleinen Arme vor der Brust.

Oha, jetzt dämmert's mir.

»Du bist einfach zur Eisdiele gefahren, das weiß ich.«

Ich stöhne laut. »Oh, Mann. Ich hatte halt ein super Versteck in der Eisdiele gefunden, na und?«

Ella reckt ihr Kinn kriegerisch vor, als wollte sie sich gleich mit mir raufen. So weit würde ich es nicht kommen lassen.

»Jetzt ist aber gut. Ich gehe, hole die blöden Eier und bin sofort wieder da. Ich schätze, deine Mutter möchte nicht, dass Herbert dir die Augen auskratzt, nur weil du mich nicht eine Sekunde alleine lassen willst.«

Ella sieht etwas schockiert aus. »Du erzählst dummes Zeug«, vermutet sie.

»Ich bin sicher, du willst es nicht herausfinden.«

»Doch will ich!«

Ich stehe auf und unterdrücke den Drang, Ella zu schütteln. »Dann geh doch petzen.«

»Ich bin aber keine Petze.«

»Schön, dann halt jetzt die Backen und warte.«

Ich mache, dass ich hier rauskomme. Kinder! Sind die anstrengend!

Draußen entdecke ich Jo, der halb in seinem Auto auf der Rückbank hängt. Neugierig gehe ich näher.

Was hat er denn da, das er so krampfhaft auf die Sitzbank zu schieben versucht? Er murmelt etwas vor sich hin und stößt sich den Kopf. Ich muss kichern. Dann tippe ich ihn vorsichtig an.

Ruckartig fährt er hoch, stößt sich noch mal an und dreht sich zu mir. Gleichzeitig klappt er die Fahrzeugtür zu.

»Herrgottnocheins!«, flucht er atemlos. Ich grinse immer noch und er reibt sich die Beule. »Wo kommst du denn schon wieder her? Du bist ja überall, oder?« Ich zucke die Achseln und versuche ins Auto zu spähen. »Mensch, echt, Lu. Man sollte dir ein Glöckchen umhängen.«

»Das hättest du wohl gerne, was?«, frage ich.

»Manchmal«, gibt er zu und befühlt seinen Kopf. Ist das eine Reisetasche oder so was auf dem Rücksitz?

Ich spähe an Jo vorbei. »Was machst du da eigentlich?«, will ich wissen und mache einen noch längeren Hals.

»Ich verstaue nur die Beute aus meinem letzten Banküberfall«, sagt Jo ironisch.

»Ach, deshalb die Heimlichtuerei?«, antworte ich flapsig.

»Sollst du nicht auf deine Cousine aufpassen?«

»Hast du eine Ahnung, wie die nerven kann?«, antworte ich mit einer Gegenfrage und hebe eine Augenbraue.

»Tun das nicht alle Kinder hin und wieder?« Seine Frage klingt so, als ziele sie auf mich ab.

»Ich bin kein Kind mehr«, stelle ich klar.

»Ach nee, stimmt ja. Du bist schon *fast* erwachsen.« Er malt Anführungszeichen in die Luft.

»Genau.«

»Dann verhalte dich auch so, komme deiner Aufsichtspflicht

nach und kümmere dich um Ella.« Jetzt schiebt er mich vor sich her in Richtung Haus.

»Ey, was soll denn das?«, protestiere ich. »Ich muss noch Eier holen.«

»Na, dann aber schnell.« Ich bekomme einen rüden Schubs in die andere Richtung. Spinnt der denn?

Drei Eier finde ich unter den aufmerksamen Augen von Herbert, der mich die ganze Zeit gefährlich umkreist. Immer wenn ich einen Moment wegschaue, hackt er mir in die Beine. »Aus! Du dämlicher …« Ich verstumme, als ich durch die Tür des Hühnerstalls Jo zusehe, wie er zur Garage geht.

»Wollen wir doch mal sehen, was der so macht«, sage ich zu der Henne, die neben mir im Dreck scharrt.

Ich schleiche ins Freie und knie mich vor einen Busch. Ich verfolge Jo mit Blicken. Herbert kommt wieder näher und ich werfe ihm einen Stock entgegen. Wütend beäugt er mich.

»Sei still und hau endlich ab, du Idiot«, zische ich, als er nach meinem Schuh pickt. Dieser Hahn würde mich noch verraten.

Jo bringt einen großen blauen Sack aus dem Haus und deponiert ihn in der Garage. Was da wohl drinnen ist?

Herbert flattert einmal auf und treibt eine Henne von mir weg. Ich schleiche an der Hauswand entlang. Dann fliegt über mir das Fenster zu meinem Zimmer auf.

»Lucinda«, kräht eine Stimme zu mir herunter und ich winke hektisch, damit Ella die Klappe hält. Vergeblich. Die kleine Nervensäge denkt nicht einmal daran, den Mund zu halten. Ganz im Gegenteil.

»Lucinda, was machst du da im Busch?«, fragt sie jetzt sehr laut. Oh, nein! »Hallooooo!«, ruft sie.

Ich ignoriere sie und schicke ein Stoßgebet gen Himmel. Lieber Gott, nimm Ella vorübergehend die Stimmbänder ab, damit sie nicht einen solchen Lärm machen kann.

»Legen die Hühner da auch ihre Eier hin? Ich dachte immer, die legen sie nur im Stall, wegen der Füchse und so?«

Toll!

Jo blickt zu mir herüber und stemmt die Hände in die Seiten. Er sieht sauertöpfisch aus. »Sehr erwachsen, Lucinda. Wirklich!«

Ich stehe auf, klopfe mir den Sand ab und balanciere die Eier. Herbert krakeelt los und flattert wild umher. Seine Hühner müssen unter seiner schlechten Laune leiden und bekommen seine Krallen zu spüren.

»Ich habe einen Ohrring verloren und ihn gesucht«, erkläre ich.

»Ist schon klar«, sagt Jo mit einem Willst-du-mich-verarschen-Ton.

»Ich gehe ja schon rauf und hole Ella, Mister Boss, Sir«, erwidere ich und gebe mich geschlagen. Vorläufig.

»Na endlich!«, höre ich von oben. Oh, diese kleine ... Grrrr!

»Sehr schön«, gibt Jo barsch zurück und würdigt mich keines weiteren Blickes mehr.

Ich würde mir den Sack in der Garage später genauer ansehen müssen. Wer weiß, was er dort drinhat.

Ella und ich bringen Oma die Eier und schauen ihr zu, wie sie die Schnitzel erst in Eiermasse und dann im Paniermehl wälzt. Mein Magen knurrt bei dem Geruch, als sie in der Pfanne brutzeln. Ella rührt den Joghurt für die Nachspeise und sieht dabei ziemlich zufrieden aus.

»Oma Käthe?«

»Ja, Ella?«

»Welche Farbe hat denn meine Strahlung?«, fragt sie.

Ich muss lachen. Ella ist mit Sicherheit das verstrahlteste Kind, das ich kenne.

»Sonnengelb, mein Herzchen«, sagt Oma und übergibt mir die Himbeeren, die über den Joghurt müssen.

»Das stimmt«, sagt Ella grüblerisch. »Das muss ja so sein, weil Mama immer sagt, ich habe ein sonniges Gemüt.«

Oma zwinkert mir zu. »Das mag sein, kleine Ella.«

»Und Lucindas?«, fragt sie und runzelt die Stirn. Ihr Blick, den sie mir jetzt zuwirft, ist provozierend.

»Lucindas Aura ist indigoblau wie der atlantische Ozean.«

»Bist du sicher, Oma?« Ellas Mundwinkel zucken kurz. »Nicht grün wie Gift-Efeu?«

»Oh, du kleine Kröte«, schnaufe ich und werfe ihr eine Himbeere an den Kopf.

»Ey, lass das. Ich habe gesagt: Grün wie Efeu, nicht wie eine Kröte.« Jetzt kitzle ich sie und knuddle die kleine Motte, bis sie vor Lachen kaum noch geradestehen kann.

»Schluss mit lustig, ihr beide holt mir jetzt bitte Milch aus dem Keller«, beschließt Oma.

Ella springt zur Kellertür und reißt sie auf. Die seltsamen Geräusche dringen sofort drohend nach oben.

»Geh bitte mit Ella zusammen«, fordert Oma und scheucht mich hinterher. »Im Regal steht auch noch ein Glas Himbeergelee. Bitte bring es mit.«

»Kann Ella nicht alleine …?« Die Frage bleibt mir im Hals stecken, als Omas Gesicht ernst wird.

Ella hüpft bereits die ersten Stufen hinab und ich folge ihr eilig. Ich kann ja schließlich nicht zulassen, dass ihr etwas geschieht.

»Ella, nicht so schnell«, keuche ich und bin auch schon unten.

»Guck mal, was hier alles rumsteht«, meint die kleine Nervensäge und greift nach einem Glas im Regal. Die Glühbirne über uns flackert gespenstisch.

»Lass das lieber stehen«, schlage ich vor und suche nach den Himbeeren.

Plötzlich ertönt das Knurren und Dröhnen aus einer Ecke, das ich auch nachts gehört hatte. Ich bekomme eine Gänsehaut und schnappe Ellas Hand.

»Komm, wir beeilen uns«, schlage ich vor.

»Wieso? Ich weiß, wo Oma Käthe ihre Süßigkeiten hat. Du auch?« Sie reißt sich los, rennt weiter nach hinten ins Dunkel und ich jage hinterher. Ohne zu zögern, öffnet sie die alte Gefriertruhe.

Und ich schnappe überrascht nach Luft, als das bedrohliche Knurren plötzlich lauter wird. Es kommt direkt von diesem Gerät?

»Hier ist Eis drinnen«, erklärt mir Ella gelassen und zeigt mir

die vielen Packungen. Dann klappt sie die Tür wieder zu und geht an ein Regal. »Und hier die Schokolade.«

Die Gefriertruhe verstummt und surrt nur noch ganz leise. Halb so bedrohlich wie sonst.

Ich sehe mich weiter um. Und bin überrascht, aber erleichtert, dass ich kein offensichtliches Portal zur Hölle entdecke. Nur den Schrank mit eingelegten Gurken und auch Gläser mit Himbeeren.

Als wir alles haben, gehen wir wieder hinauf. Und ich bin total glücklich, weil ich in Zukunft besser schlafen werde.

Nach dem Essen schleiche ich hinaus zur Garage und zu meinem Erstaunen ist der blaue Sack, den Jo vorhin hierher gestellt hat, weg. Ich spähe in sein Auto. Auch die Tasche ist verschwunden. Was zum Teufel …?

Jetzt bin ich mir sicher: Jo hat etwas zu verheimlichen und ich werde herausfinden, was es ist.

Als Tante Marie und Ella endlich gefahren sind, gehe ich früh in mein Bett und tüftle an einem Schlachtplan.

Noch ehe der Wecker klingelt, habe ich mir überlegt, dass ich mich krank stellen und dann Jo beschatten werde. So weit, so gut. Jetzt muss ich nur noch Mama von meinem schlechten Gesundheitszustand überzeugen. Und das wird sicher nicht ganz so leicht.

»Mäuschen, was hast du denn?«, fragt sie besorgt, als ich ihr mit matter Stimme meine ganzen Schmerzen schildere.

»Also, mein Bauch tut sehr weh. Und der Hals natürlich.«

»Halsschmerzen. Mmh, ich glaube, ich habe noch Lutschpastillen dagegen.«

»Und ich habe furchtbare Kopfschmerzen.« Ich tue so, als bekäme ich meine Augen gar nicht ganz auf. »Ich habe bestimmt Fieber.« Oh, ob das jetzt 'ne Nummer zu viel ist?

»Ich hole das Thermometer«, sagt Mama schnell und verschwindet in Richtung Bad. Oh nein! Mist!

»Hier, mein Schatz, einmal unter die Zunge. Wollen wir doch mal sehen, ob du tatsächlich etwas ausbrütest.«

Ja, ausbrüten tue ich etwas. Einen Plan, aber keine Krankheit. Und das würde gleich rauskommen, wenn das dämliche Thermometer nicht steigt.

»Ich komme gleich wieder. Wenn es piept, kannst du es aus dem Mund nehmen«, weist sie mich an.

Ich nicke. Dann überlege ich angestrengt. Wenn es bei 37 Grad bleibt, habe ich kein Fieber. Mein Blick fällt auf die Engelslampe von Oma Käthe. Genial!

Schnell halte ich das Thermometer an die Birne. Nur nicht zu lange. Wenn es über vierzig Grad anzeigen sollte, würde Mama womöglich einen Krankenwagen holen. Sie konnte manchmal ein wenig überreagieren, wenn es um so was ging.

Ich höre Schritte, stecke das Thermometer schnell wieder in meinen Mund und ziehe mir die Bettdecke bis zum Kinn. »Ist dir so kalt, Liebes?«, fragt Mama stirnrunzelnd und setzt sich neben mich.

»Ähä«, antworte ich kläglich. Jetzt piepst das Ding, das unter meiner Zunge steckt.

»Na, zeig mal her«, fordert Mama. Hoffentlich hat es funktioniert. Meine Hände schwitzen schon vor Aufregung.

»Hoppla«, sagt Mama plötzlich.

Oh, nein. Bitte keinen Krankenwagen.

»Fast neununddreißig Grad.« Sie drückt die Decke um meinen Körper fester. »Du bist auch ganz rot im Gesicht.« Sie schürzt die Lippen. »Und deine Hände schwitzen.« Ja, vor Aufregung. Ich lächle schwach. »Kann ich denn überhaupt arbeiten gehen?«

»Oma Käthe ist doch da«, sage ich knapp. »Wenn ich etwas brauche, rufe ich sie, oder ich rufe dich an.«

»Na gut. Ich kann dir auch eine Tablette gegen das Fieber geben.«

Ich nicke schwach. »Die kann ich ja später nehmen. Am besten, ich schlafe erst mal noch ein bisschen.«

Mama gibt mir einen Kuss. »Na gut. Ruf mich an, wenn was ist, okay?«

»Klaro.«

Puh! Endlich ist sie weg. Na, dann kann es ja losgehen. Ich wähle meine Kleidung ganz in Schwarz, plus Hosenträger, die ich laut schnalzen lasse, als Motivationsschub.

Nachdem Mama endgültig vom Hof gefahren ist, mache ich es mir zur Tagesaufgabe, Jo zu bespitzeln. Zuerst fahre ich mit dem Rad heimlich zu seinem Hof und entdecke ihn in einem der riesigen Ställe, dessen Geruch einem den Atem nimmt. Die jungen Kühe kauen gemächlich an ihrem Futter und beäugen mich neugierig. Aber ich verstecke mich hinter einem Berg von Strohballen, die auf dem Hof gestapelt wurden.

Dann besteigt Jo einen alten orangefarbenen Trecker und fährt davon. Ich komme gar nicht so schnell hinterher, wie ich will. Als ich mein Tempo mit dem Fahrrad angepasst habe, folge ich ihm bis zum Ortskern, wo er auf einen anderen Hof einbiegt. Dort hängt er einen Wagen an den Trecker und tuckert wieder los. Gerade als ich denke, dass ich kurz verschnaufen kann, stellt er den Wagen auf einer dritten Hofstelle ab, plaudert kurz mit einem anderen Bauern in Plattdeutsch, wovon ich kein Wort verstehe, und fährt dann wieder weiter. Krachend trete ich in die Pedale.

Als Jo zurück auf seinem Hof ist, hat er Gott sei Dank, dort erst einmal zu tun.

Ich verziehe mich in einen alten Heuschober und trinke in einem Zug meine Apfelschorle aus. Zum Glück habe ich mir gute Verpflegung eingepackt.

Gegen Mittag mache ich gerade Bekanntschaft mit einer der Hofkatzen und teile mein Wurstbrot mit ihr, da taucht Jo wieder aus dem Stall auf.

Eilig erhebe ich mich, spioniere durch einen Schlitz in der Holzwand, als Jo auch schon wieder den Trecker besteigt.

Mist!

Röhrend fährt er an. Ich sprinte los zum Fahrrad, trete kräftig in die Pedale und folge ihm. Holpernd donnere ich über das Kopfsteinpflaster und rutsche fast weg. Ich fluche. Wo will der denn jetzt schon wieder hin? Wieder in den Ort? Wieder diese vielen Kilometer? Ich stöhne. Der Schweiß rinnt mir den Nacken hinab und die Sonne knallt mir mit aller Kraft auf den Kopf. Muss das ausgerechnet heute so heiß sein? Tatsächlich fährt Jo von einem zum anderen Hof. Immer hin und her. Ich schnaufe und glaube, meine Beine nicht mehr zu spüren. Dann hängt er mich ab. Na toll! Das ist ja mal ein Satz mit x.

Ich keuche wie eine alte Dampflok und mir ist beinahe zum Heulen zumute. Als ich an meiner Schule vorbeirolle, sehe ich die ersten Schüler das Gebäude verlassen. Schulschluss. Ich beeile mich, möglichst schnell wegzukommen. Es soll mich ja keiner sehen beim Schuleschwänzen. Doch dann entdecke ich Jos orangefarbenen Trecker auf dem kleinen Bäckereiparkplatz.

»Hab ich dich!«

Versteckt schaue ich durch die Schaufensterscheibe. Holt der etwa Brötchen mit seinem Trecker, oder was? Fassungslos starre ich hinein, kann Jo aber nirgends sehen. Bis mir auffällt, dass neben der Bäckerei noch ein anderer Laden ist. *Drogerie und Reisebüro* lese ich auf einer Schrifttafel. Das gibt's ja wohl nicht! Wer ist die denn? Und was hängt die Jo denn am Hals?

Ich verschlucke mich an meiner eigenen Spucke und röchle um Luft. Ich habe tatsächlich recht. Jo ist ganz sicher ein Fremdgänger. Er betrügt meine Mutter! Fast lasse ich mein Rad an ein parkendes Auto kippen.

Eine Frau mit Hund kommt vorbei und hebt mahnend ihren Finger. »Pass auf, du. Wenn du hier etwas beschädigst, dann rufe ich die Polizei«, sagt sie. Der Hund knurrt und ich weiche vor ihm zurück.

»Wenn Ihr Hund mich beißt, hole ich meine Mutter«, antworte ich. Da kennt die nämlich keinen Spaß und wird selbst zum Rottweiler.

Ich ärgere mich, dass ich mich habe ablenken lassen. Drinnen scheint Jo sich zu verabschieden und kommt auch schon aus dem Laden. Eilig stolpere ich um die nächste Häuserecke, damit er mich nicht erwischt. Dann fährt Jo auch schon wieder los.

Ich schwinge mich aufs Rad. Meine Beine sind von der ungewohnten Anstrengung immer noch ganz wackelig und ich eiere komisch umher. Ich muss mich richtig konzentrieren, um das Gleichgewicht zu halten.

»Oah!« Das Schild kommt plötzlich wie aus dem Nichts. Ich hab's nicht gesehen. Mein Lenker bleibt an der Stange hängen, wird herumgerissen und ich knalle auf den Boden. Ein stechender Schmerz wird durch mein Knie geschickt und ich heule auf. »Verdammte Kacke!«, brülle ich.

»Na? Konnte das Schild nicht rechtzeitig zur Seite hüpfen?«, witzelt irgendein Scherzkeks hinter mir.

Mein Blick fliegt zurück.

»Julian«, sage ich atemlos und schaue zu ihm auf. Wieso muss ausgerechnet er jetzt in diese Sache hineinplatzen?

»Ja, so heiß ich.«

Ich rapple mich auf. Er hält mir die Hand entgegen und ich haue sie weg. Das fehlt mir jetzt gerade noch.

»Keine Zeit«, sage ich knapp und schwinge mich wieder in den Sattel. Weit hinten sehe ich noch das Orange von Jos Trecker. Ich fahre los.

»Warte doch mal«, ruft Julian, aber ich reagiere nicht, folge nur der Straße. »Hey, du warst heute Morgen ja gar nicht in der Schule.«

»Ehrlich? Ist mir nicht aufgefallen«, sage ich knapp. Julian holt auf und ist jetzt neben mir. »Fahr nach Hause, Julian«, presse ich gehetzt hervor.

»Na gut.« Julian radelt in seliger Ruhe weiter. »Du hast geschwänzt, oder?«, fragt er grinsend.

»Nein, habe ich nicht«, lüge ich.

»Okay, dann kannst du also morgen eine Entschuldigung deiner Mutter abgeben?«, fragt er mit einem lauernden Unterton. »Wenn nicht, dann wird die Schule nämlich deine Eltern anrufen. Und dann gibt es Ärger. Da spreche ich aus Erfahrung.«

»Mach dir mal keine Sorgen. Ich bekomme meine Entschuldigung!« Ich schaue ihn genervt an und beschleunige mein Tempo.

Es dauert nicht lange und er taucht wieder vergnügt neben mir auf.

»Sag mal, verfolgst du mich?«

Er lacht. »Nee, das ist mein Heimweg, schon vergessen?«

Oh, stimmt ja. Wir fahren wieder in Richtung von Jos Hof.

»Ich wette, du willst mit mir Zeit verbringen und es nicht zugeben«, überlegt Julian.

Ich fasse es nicht. »Julian, wir spielen jetzt ›Halt die Luft an‹. Und du fängst an.«

»Ich denke gar nicht daran. Was zum Teufel hast du vor? Und warum fahren wir Jo hinterher wie die Bekloppten?«

»Gut, wenn ich es dir verrate, hältst du dann dicht und hilfst mir?«, keuche ich atemlos.

»Kommt drauf an.«

Ich werfe Julian einen finsteren Blick zu.

»Ist ja schon gut«, beeilt er sich. »Natürlich, Lu. Ich helfe dir, egal worum es geht. Wollen wir eine Bank ausrauben oder müssen wir eine Leiche beseitigen?«, fragt er ernst.

Ich kann das erste Mal wieder richtig durchatmen. Die Anspannung fällt etwas ab. Fast so, wie wenn man sich einen Kakteenstachel aus dem Finger zieht, ohne die Haut zu sehr zu verletzen. Es tut gut, einen Verbündeten zu haben, und ich erzähle ihm alles. Na gut, fast alles.

Und somit radeln wir gemeinsam zu Jos Hof und verstecken uns hinter den Ställen, um Sherlock Holmes alle Ehre zu machen, wie Julian sagt.

»Ich weiß nicht, ob das eine gute Idee ist, Lu«, flüstert Julian nach einer Weile angespannt. »Auf dem Schild steht ›Zutritt für Unbefugte verboten‹«, erinnert er mich.

»Mann, Julian. Ich soll dich vom Mut grüßen. Ihr seht euch ja nicht so oft«, zische ich und pirsche mich vorwärts.

»Hast du mich gerade feige genannt?«, vergewissert er sich und sieht mich lange an. Sehr lange. Seine braunen Augen weiten sich. Und …

»Wolltest du mich gerade wieder küssen?« Ich halte ihn an den Schultern auf Abstand. »Das ist jetzt nicht dein Ernst, oder?«

»Woher soll ich wissen, was ich vorhabe, bevor ich es mache?«, fragt er zurück und zupft an meinen Hosenträgern.

»Gott, dich soll man verstehen.«

Etwas tut sich auf dem Hof. Ich laufe zu einer Mauer. Dicht gefolgt von Julian.

Dann hören wir ein lautes Röhren.

»Was ist das denn?«, frage ich und pirsche mich vorsichtig an das Geräusch heran. Als wir um die Ecke des Stalls biegen, sehe ich einen anderen Trecker mit einem riesigen Fass dahinter und einen dicken Schlauch, der eine braune Flüssigkeit aus einem Loch in der Erde saugt. Dann und wann kleckst etwas auf den betonierten Boden und hinterlässt braune Flecken. Ein ekelhafter Gestank wabert zu uns herüber.

»Boah, stinkt das! Das ist ja mordsmäßig«, stelle ich fest und remple Julian an, der hinter mir steht.

»Der Bauer saugt die Güllegruben aus, um sie auf dem Feld zu verteilen.« Er grinst. »Willkommen auf dem Land, Stadtkind!«

»Mann, dass bringt einen ja um.« Dieser Bauer ist allerdings nicht mein Bauer. Ich sehe mich unruhig um.

Panik überkommt mich. »Zu den Fahrrädern, schnell!«, kommandiere ich und stolpere fast über eine Mistgabel, die an der Wand zu unserem Versteck hinter dem Kälberstall angelehnt ist.

Ich ziehe Julian mit mir zur anderen Seite des Stalls, von der aus man das Wohnhaus sehen kann. Dort parkt auch Jos schmutziges Auto. Ich frage mich kurz, welche Farbe der Wagen wohl hat, wenn man ihn waschen würde.

»Und du denkst wirklich, Jo hat irgendein mieses Ding mit dir und deiner Mutter am Laufen?« Julian sieht mich so zweifelnd an, dass ich wütend werde.

»Mann, ich hab's doch gesehen. Dort im Laden hing ihm diese Frau am Hals. Und die ganze Heimlichtuerei zu Hause. Der hat bestimmt noch eine andere Freundin. Oder Hunderte.«

»Und was sollte er dann von deiner Mutter wollen?«, fragt Julian.

»Weiß nicht. Vielleicht ist er ein Heiratsschwindler?«

»Sind die nicht immer auf Geld aus? Ich wusste gar nicht, dass deine Mutter so reich ist.«

Mist, da hat er irgendwie recht. Ich schätze, Reichtum an seltsamen Ideen war damit nicht gemeint.

»Mpff«, gebe ich von mir und überlege. »Vielleicht ist er ein Mann, der immer viele Freundinnen braucht. So was nennt man Bigamist. Und Bigamie ist ziemlich unerwünscht in unserer europäischen Gesellschaft«, erkläre ich altklug. »Meine Tante war mal mit einem Bigamisten zusammen. Einem Orientalen.«

»Orientale sagt man nicht.«

»Ach, nein? Wie denn dann?«, frage ich wenig interessiert.

»Der Orient ist riesig. Dazu gehören Pakistan und sogar Teile von Asien, wie Indien und so. Heute zählt sogar Ägypten und die Türkei dazu«, gibt Julian lehrerhaft von sich.

Also ist Emine dann auch Orientale? Ich verwerfe meine Überlegungen.

»Ist doch egal«, hauche ich und halte Julian meine Hand auffordernd hin. »Gib mal dein Handy.«

»Aber pass drauf auf. Meine Mutter hat gesagt, ich bekomme kein Neues, wenn ich es kaputt mache«, mahnt er ernst.

»Ich pass schon auf.«

»Weißt du, was mir übrigens aufgefallen ist?« Julian lehnt sich lässig an die Wand. Er sieht auf einmal unverschämt gut aus, wie er sich sein dichtes blondes Haar aus der Stirn streicht.

»Nee, was denn?«, will ich wissen. Meine Hände schwitzen leicht.

»Dein Vorname würde gut zu meinem Nachnamen passen«, sagt er und grinst breit. »Lucinda Lukas.«

»Ich werde niemals heiraten!«, erkläre ich. »Papa sagt, wer das will, muss sich die Scheidung erst mal leisten können.«

»Du bist ein komisches Mädchen«, stellt Julian fest.

Bienen schwirren in meinem Magen. Oder Schmetterlinge. Julian ist so nah. Und dann höre ich ein Auto.

»Uh, still. Schau mal«, flüstere ich und verfolge mit den Blicken den Wagen, der auf den Hof zusteuert und hält.

»Ich fasse es nicht! Das ist die Frau von vorhin«, stelle ich aufgeregt fest und packe Julian am Arm, damit er sich das mit eigenen Augen ansieht. Die Frau mit den hellblonden Haaren steigt aus und stolziert auf sehr hohen High Heels über das Kopfsteinpflaster zum Hauseingang.

»Siehst du?«, sage ich triumphierend. Ich zücke das Handy und mache ein Foto.

»Jetzt bin ich neugierig«, flüstert Julian und drängt mich zur Seite. »Wir müssen um die Ecke, sonst sehen wir nichts.« Julian huscht geduckt vorwärts.

Ich folge ihm und beobachte weiter die Frau, die lustig auf ihren Schuhen herumwackelt, als hätte sie sich rohe Eier untergeschnallt. Das unebene Gelände macht ihr zu schaffen.

»Die hat wohl die falschen Schuhe an«, sagt Julian und gibt Geräusche von sich, als würde er ersticken. Beunruhigt sehe ich ihn an und stelle fest, dass er nur lacht.

»Los, näher ran«, befehle ich.

Julian stoppt an einem großen Loch im Boden. Einer Güllegrube in der die Tierkacke schwimmt. »Geht nicht«, sagt er.

»Das muss gehen«, befehle ich und wir umrunden die Kuhle.

Ein Betondeckel liegt nur über der Hälfte des Loches, in dem die braune Masse in der Tiefe vor sich hin stinkt. Als ich die andere Seite erreiche, presse ich mich an drei große Stahlgitter, die angelehnt neben der Grube an der Wand stehen, und schaue zum Haus.

»Jo kommt raus«, zische ich und winke Julian zu mir. Boah, das darf doch nicht wahr sein! »Er gibt der Frau einen Kuss.«

»Auf den Mund?«, fragt Julian empört.

»Ich glaube schon.« Ich halte Julians Handy hoch und mache weiter Fotos. Tja, das war's dann wohl, Jo. Wenn ich das der Mama erzähle, dann kannst du schneller deine Sachen packen, als ich Enemenemeck-und-du-bist-weg sagen kann.

»Jetzt nimmt er die Tussi in den Arm und grinst dabei auch noch selbstzufrieden. So ein Schuft!«, schimpfe ich.

»Lass mal sehen«, fordert Julian, klettert über den offenen Spalt der Grube und hält sich an den Gittern fest.

»Julian, hilf mir mal an der Mauer hoch, dann kann ich sehen, wo die jetzt hingehen«, fordere ich ihn auf. Er nimmt mein Bein und stößt mich hoch.

Dann geschehen drei Dinge auf einmal. Julian lässt mich los, die Gitter vor mir kommen ins Rutschen und ich knalle auf den Boden. Ich schreie vor Schmerz auf. Die Luft bleibt mir weg, weil ich auf dem Rücken aufgeschlagen bin. Das Handy rutscht einige Meter über den Boden. Dann schaue ich zu Julian hoch, der noch versucht, die Gitter an der Mauer zu halten, damit sie mich nicht erschlagen. Dabei tritt sein Fuß ins Leere.

»Pass auf!«, brülle ich.

Julians Augen werden groß. Die Gitter krachen vor mir auf den Boden, ich kann gerade noch ausweichen und Julian rutscht rückwärts in das Loch im Boden.

»Aah!«, schreit er. Dann platscht es. Ich robbe zu ihm und angle nach seinen Händen, die sich am Rand festhalten. »Ich ziehe dich hoch«, sage ich atemlos.

»Mach schnell«, jammert er und ich greife panisch nach seiner Hand, die voll mit Kuhscheiße ist. Sie rutscht mir immer wieder weg, so glitschig ist sie.

»Mach schon!«, schreit Julian. In seinen Augen liegt blanke Angst.

»Kannst du dich nicht irgendwo abstoßen?«, frage ich ängstlich, denn er ist zu schwer für mich.

»Ich habe keinen Boden unter den Füßen, Lu! Mach schon, ich geh unter!« Seine Stimme wird mit jedem Wort schriller. Jetzt verkralle ich mich in seinen Ärmeln und ziehe an ihm. Ein Ruck geht durch mich hindurch und beinahe hätte ich losgelassen.

»Lu, bitte!«

»Ich halte dich.« Ich verlagere mein Gewicht, greife seine zweite Hand und liege jetzt auf dem Bauch. Der Gestank, der durch Julians Gestrampel in der Gülle zu mir hochweht, ist atemraubend.

»Komm schon, du musst mitmachen. Stemm dich irgendwo dagegen und versuch hochzuklettern«, presse ich hervor und schnappe nach Luft.

Das darf doch alles nicht wahr sein! Würde ich jetzt den ersten Jungen, bei dem ich Bienen und Schmetterlinge im Bauch habe, auf tragische Weise verlieren? Meine Hände rutschen allmählich von dem Stoff ab.

»Mir wird komisch«, sagt Julian. Sein Griff um meine Handgelenke wird schwächer und er sinkt ein wenig tiefer.

»Julian! Lass nicht los!«, kreische ich jetzt panisch, als ich sehe, dass er mit den Augen rollt. Er würde ja wohl nicht ohnmächtig werden?

Ich wünschte, ich hätte Widerhaken wie die kleine Louisa. Gebogene Dornen, die ihn nicht loslassen würden.

»Hiiiilfe!«, brülle ich jetzt aus voller Kehle. »Hilfe, hört mich denn keiner?«, schreie ich weiter und Tränen treten mir in die Augen. Dann höre ich schnelle Schritte.

Jo kommt angelaufen. Und gerade, als ich denke, ich kann Julian nicht mehr halten, packt Jo ihn und zieht ihn aus der Jauchegrube heraus.

Ich schluchze.

»Wie konnte das denn passieren?«, brüllt Jo und ich lasse mich auf den Hintern plumpsen.

Julian kann nur wackelig auf seinen Beinen stehen. Er ist bis zur Hüfte in Kuhscheiße gehüllt und tropft.

»Lucinda Wolff! Was machst du hier?«, fragt Jo plötzlich gefährlich ruhig und packt mich wütend am Arm.

»Nichts«, sage ich gehetzt.

Julian heult und versucht, es zu verbergen. Mir fehlen die Worte. Auch der Grund, warum ich wirklich hier bin, ist mir abhandengekommen.

Schwungvoll zieht Jo mich auf die Beine. Dann hebt er das

Handy auf und führt mich und den belämmert dreinblickenden Julian in Richtung Haus.

»Ihr habt hier nichts zu suchen. Gar nichts! Weißt du denn nicht, wie gefährlich so was sein kann?«

»Ist ja gut«, sage ich mit zitternder Stimme.

»Nein, gar nichts ist gut. Das geht so nicht! Ein Hof ist kein Spielplatz, Lucinda.«

»Hab ich kapiert.«

»Wirklich? Ich glaube, du kapierst gar nichts.«

Die Frau von eben steht in der Einfahrt und schaut besorgt zu uns herüber. Jo lässt mich abrupt los und ich taumle. Jetzt ist mir so richtig zum Heulen.

»Klara, der Gartenschlauch. Dreh ihn auf«, sagt Jo knapp in ihre Richtung. Sie gehorcht. Dann stellt er Julian in die Mitte des Platzes und sprüht ihn mit dem Schlauch ab. Die braune Masse fließt in Bächen an ihm hinunter und bildet schlammige Flüsschen.

Julian jammert nicht mal, zittert nur ein bisschen. Wahrscheinlich vor Kälte. Er meidet meinen Blick. Sicher ist er jetzt auch sauer auf mich, weil ich ihm diesen Mist eingebrockt habe.

Jo führt Telefonate und lässt mich und Julian unter der Aufsicht der fremden Frau namens Klara draußen auf der Terrasse sitzen.

»Deine Mutter ist unterwegs, Julian«, höre ich Jo sagen, als er um die Ecke kommt. »Und deine ist stinksauer«, verkündet er an mich gerichtet.

Ich sammle mein letztes bisschen Mut und hole Luft. »Auf

dich wird sie aber auch gleich sauer sein, wenn sie erfährt, dass du sie betrügst.«

Jo fällt die Kinnlade herunter. Ha! Eins zu null für mich.

»Was redest du denn da schon wieder?«, fragt er irritiert.

»Ich weiß Bescheid.« Jetzt sehe ich ihn kämpferisch an und deute auf Klara, die ganz große Augen bekommt. »Bigamie ist verboten in Deutschland«, gebe ich mein gefährliches Halbwissen zum Besten.

In dem Moment hält ein Wagen in der Einfahrt. Jo ringt immer noch um Fassung, als sich die schnellen Schritte von Julians Mutter nähern. Klara fängt an zu lachen.

Julians Mutter kommt aufgeregt um die Ecke und unterbricht diese Situation. »Julian, geht es dir gut?«, fragt sie und umschließt das Gesicht des Jungen mit ihren Händen. »Danke, dass du gleich angerufen hast, Jo.«

»Kein Problem«, sagt er leise. Jetzt wird ihr Blick tadelnd. »Was hast du dir dabei gedacht, Schatz?«

Julian sagt immer noch nichts. Er sieht aus wie ein begossener Pudel. So traurig und schuldbewusst.

Mein Magen rebelliert.

»Oh, hallo, Klara. Musst du gar nicht arbeiten?«, fragt Julians Mutter jetzt.

»Schon, ich wollte meinem Bruder nur seine Reiseunterlagen bringen und dann eigentlich gleich wieder zurück. Aber, wie du siehst – hier ist jeden Tag was los.« Sie lacht immer noch.

Jetzt wird mir übel und ich betrachte Klaras Gesicht genauer. Dieselben dichten Augenbrauen wie Jo. Fast die gleiche

Nase. Ach du heilige Scheiße! Seine Schwester. Klara ist seine Schwester.

»Komm, Julian, ich bringe dich jetzt nach Hause«, meint seine Mutter.

»Er sollte die Klamotten ausziehen, ich hole euch eine Plastiktüte und ’ne Zeitung, auf die er sich draufsetzen kann. Sonst saust du dir den Wagen total ein«, schlägt Jo vor. »Und dich bringe ich gleich nach Hause, Lucinda«, sagt er zu mir und ich schlucke gegen Tränen an.

Jo verschwindet kurz im Haus, um seine Autoschlüssel zu holen.

Julian geht neben Klara und seiner Mutter her. Ich schleiche heimlich davon. Völlig kopflos hole ich mein verstecktes Fahrrad und haue ab.

Der Himmel zieht sich zu, wird trübe, genau wie meine Gedanken. Seine Schwester? Reiseunterlagen? Habe ich mich total geirrt?

Nach einigen Minuten beginnt es zu grollen und der Regen prasselt in dicken Fäden auf mich herab. Das passt! Jetzt komme ich noch in ein fettes Unwetter. Aber vielleicht hab ich Glück und werde vom Blitz getroffen?

Als ich zu Hause ankomme, bin ich leider nur patschnass. Wortlos nimmt mich Mama in Empfang und steckt mich unter die heiße Dusche.

Ich hasse es, wenn sie schweigt. Das ist schlimmer, als wenn sie mich anbrüllt. Ich weine und meine Tränen mischen sich mit dem Wasser, das an mir hinabrinnt.

»Gut, Lucinda. Erklärung bitte?«, fordert Mama am Abendbrottisch, als Jo sich zu uns gesetzt hat.

Ich schlucke schwer und hypnotisiere meine Hühnersuppe mit Blicken.

»Jo hat immer so geheimnisvoll getan, in letzter Zeit. Ich dachte, es stimmt etwas nicht.«

»Was zum Geier hab ich denn getan, Lucinda?«, fragt Jo und ich sehe zu ihm auf.

»Na, du hast in Mamas Sachen herumgewühlt. Im Wohnzimmer«, werfe ich ihm vor.

»Schuldig im Sinne der Anklage. Ich habe die Reisepässe gesucht.«

»Und du hattest ein Geheimnis.«

»Das stimmt auch. Ich wollte nächstes Wochenende einen Kurztrip nach Italien mit euch unternehmen. Überraschung!« Jo wirft dabei die Hände in die Luft und macht ein gespielt begeistertes Gesicht.

Ich schlucke noch mal und schaue zu Mama, die mich vorwurfsvoll mustert.

»Das eigentliche Problem ist doch eher deine Einstellung mir gegenüber, Lu«, sagt Jo jetzt sanft. »Du gibst mir gar keine Chance, richtig? Du denkst, ich bin schuld, dass dein Leben durcheinander ist.«

Der Kandidat hat hundert Punkte. »Stimmt ja auch irgendwie«, maule ich und stütze meinen schweren Kopf auf die Hände.

Mama seufzt. »Was denkst du denn, wie das jetzt weitergehen soll, Lucinda?«, fragt sie und ich habe keine Antwort.

»Bernadette, lass es gut sein für heute. Lucinda hat viel, über das sie nachdenken muss.« Jo nimmt sich eine Scheibe Brot. »Aber eins muss ich noch sagen: Güllegruben können sehr ungesund sein, Fräulein. Die Gase, die dort drinnen entstehen, können zur Ohnmacht führen und einen Menschen vergiften. Ihr habt Glück gehabt, das ist euch hoffentlich klar?« Jo hebt fragend die Augenbrauen und ich nicke stumm.

Nicht nur Güllegruben können ungesund sein. Auch Regen und die Erkenntnis, dass man total falschlag mit seinen Vermutungen, können Grippe-ähnliche Symptome auslösen.

Ich habe Jos Überraschung kaputt gemacht und mich dadurch auch noch selbst um einen schönen Wochenendtrip nach Italien, das Land des Speiseeises und der Pizza, gebracht.

Mein Schädel brummt, also gehe ich früh ins Bett und denke darüber nach, ob ich mir mieses Karma mit meiner Aktion eingehandelt habe. Denn ich werde jetzt ganz sicher von einer höheren Macht gestraft. Zuvor hatte ich einen Bleib-mir-vom-

Hals-Infekt und jetzt bekomme ich einen Grippeinfekt. Ist denn das zu fassen? Das Schicksal hat wirklich einen schrägen Sinn für Humor. Hatschi!

Drei Tage und gefühlte hundert Hühnersuppen von Oma Käthe später, kann ich endlich wieder richtig sprechen. Ich hatte eine so fiese Halsentzündung, dass ich mich gefragt habe, ob man daran sterben könnte. Ohne Scheiß, ich dachte manchmal, dass ich keine Luft mehr bekomme, weil der Hals so zugeschwollen war.

Dann klopft es an meiner Tür.

»Ja?«, frage ich.

Lil steckt ihren Kopf herein und winkt mit einem Stapel Zettel.

»Hi, du krankes Mädchen«, begrüßt sie mich lächelnd und lässt sich auf mein Bett fallen. Es ist schön, ein freundliches Gesicht zu sehen.

»Na, wie fühlst du dich?«

»Ganz okay, langsam. Aber ich habe eine ganz beschissene Zeit hinter mir, das kannste mir glauben«, erzähle ich ihr.

»Oh, du Arme. Und dann bring ich dir auch noch Hausaufgaben.« Sie macht einen Schmollmund und fängt doch an zu lachen.

»Es ist langweilig ohne dich in der Schule. Kommst du bald wieder?«, fragt Lil und zaubert Glückskekse aus ihrer Tasche.

»Tatataaa!«

»Super. Die kann ich gut gebrauchen«, sage ich und denke daran, dass ich fast ein bisschen Angst vor der Schule habe. Julian, die Mobberin Isa und die ganzen anderen. Doch ich bin mir nicht sicher, ob ich mir wieder wünschen würde, ein Kaktus zu sein. Denn irgendwie habe ich den Verdacht, dass mich dieser Wunsch auch in Schwierigkeiten gebracht hat.

»Die bekommst du erst, wenn du mir erzählt hast, was eigentlich mit dir los war. Und was du mit Julian angestellt hast.«

Ich laufe rot an. Wie soll ich Lil dieses ganze Güllegruben-Desaster erklären? Und die Tatsache, dass ich Bienen im Magen hatte? Und Julian seine Schmetterlinge im Bauch ganz sicher wieder ausgekotzt hat und mich jetzt saublöd findet.

»Nichts, eigentlich …«, druckse ich rum.

»Komm schon, verkauf mich nicht für blöd, ja?«

Ich räuspere mich und setze mich ein wenig im Bett auf. »Also«, beginne ich und erzähle von meinem Verdacht Jo gegenüber, von Julian, der mir nur helfen wollte, und dann von diesem schrecklichen Unfall.

Lil nimmt die kleine Louise von meinem Nachttisch und betrachtet sie nachdenklich. »Mann, da sitzt du ja ganz schön in der Tinte.«

Ich angle nach einem Glückskeks. »Was stimmt denn nicht mit Julian?«, frage ich jetzt vorsichtig.

»Er ist total still und sagt gar nichts mehr. Die anderen ärgern ihn damit, dass er Liebeskummer hat, weil du nicht da bist.«

»Oje.«

»Und er hat nicht erzählt, dass er mich beim Schwänzen erwischt hat und so?«

Lil schüttelt energisch den Kopf. »Nein, nichts.« Lil streicht vorsichtig über die Stacheln von Louise.

»Pass auf«, warne ich sie. »Wenn sie dich pikt, kann sich die Stelle entzünden.«

»Wieso hast du eigentlich so viele Kaktusse?«, will Lil wissen und ich hole tief Luft.

»Kakteen, sagt der Kenner«, berichtige ich. »Sie sind einfach wunderschön. Außerdem brauchen sie nicht viel, um zu leben, und sie können sich wehren wie kaum eine andere Pflanze. Ich finde es toll, dass sie so stark sind.«

Lil lächelt. »Sie sind ein bisschen wie du«, stellt sie fest,

»Findest du?«, frage ich unsicher und schaue zu Erwin, der gerade eine rosa Blüte trägt.

»Ja, irgendwie schon.« Lil rückt sich ihre Brille zurecht.

»Ich muss dir aber noch was anderes erzählen. Es betrifft auch Julian.«

Ich lausche gespannt.

»Tara hat versucht, sich mit Julian zu verabreden, und er hat sie voll auflaufen lassen.«

Mir klappt der Mund auf. Sie steht also auf ihn?

»Die war so sauer. Sie hat fast getobt. Das war total peinlich.« Lil lacht glockenklar auf.

»Kann es sein, dass …«

Ich kann die Idee nicht zu Ende aussprechen, da fällt mir Lil auch schon ins Wort: »Ja, war auch mein Gedanke. Ich glaube, sie hat dich so bloßgestellt, weil sie eifersüchtig war. Vielleicht hat sie auch gehofft, dass Julian offen sagt, dass er dich nicht mag, oder so.«

Lil packt einen Keks aus und zerdrückt ihn in der Hand.

»So eine fiese Snitch«, hauche ich.

»Tja, da war sie aber falsch gewickelt. Julian mag dich nämlich ziemlich gerne.«

»Das war mal. Nach dem Unfall kann er mich bestimmt nicht mehr leiden.«

Lil legt die Stirn in Falten. »Ihr solltet miteinander reden.«

»Erst mal habe ich hier zu Hause noch genug Baustellen. Das mit Jo ist echt scheiße. Er meidet mich und Mama ist, glaube ich, traurig.«

»Das wird schon. Nach jedem Gewitter kommt auch wieder Sonnenschein.« Lil drückt mich an sich. Ich lächle und sie wuschelt mir in den Haaren. »Iss einen Glückskeks, dann findet dich das Glück auch schnell wieder. Versprochen.« Sie steht auf und legt die Zettel und Hefte von der Schule auf den Schreibtisch. »Ich wünsche dir eine gute Besserung und vergiss nicht: Ungelöste Konflikte haften an einem wie altes Kaugummi unter dem Schuh.« Lil zwinkert.

»Hast du das aus einem Glückskeks?«, frage ich irritiert, doch Lil antwortet nicht und winkt nur zum Abschied.

Ich falte meinen Zettel auseinander und lese ihn.

Springe über deinen Schatten, steht darauf.

»Na gut. Hoffentlich falle ich dabei nicht hin.«

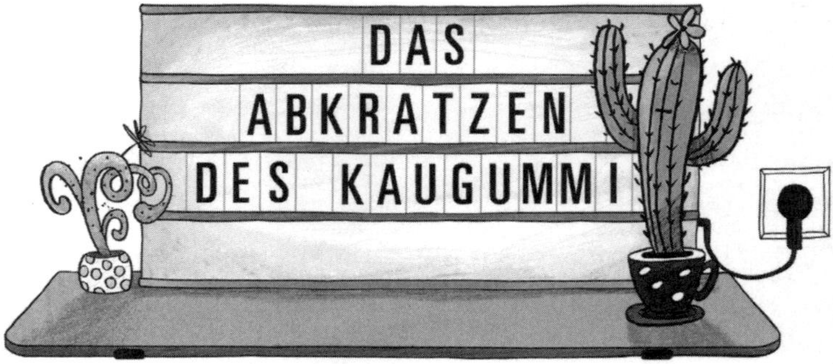

»Ich hasse Mathe«, schmolle ich und Lil sieht mich mitleidig an. »Ich wünschte, ich wäre wieder krank.«

»Ach, Lu. Nur ein Dummkopf sagt so was.«

»Bin ich doch. Ich kapier nämlich rein gar nichts von dem, was du mir erzählst. Ich werde morgen total abloosen beim Test«, sage ich hoffnungslos, lasse mich auf die Picknickdecke fallen und greife nach meiner Trompete. Ich blase hinein. Kläglich und lang.

Lil klappt das Buch zu. »Gut, dann machen wir eine Pause. Aber hör auf mit dem Katzenjammer«, fordert sie energisch. Sie verschränkt die Arme hinter ihrem Kopf und schaut in den blauen Himmel, über den eine Herde Schäfchenwolken zieht. Ich nehme die Trompete vom Mund.

»Schau mal! Die Wolke sieht aus wie euer dummer Hahn«, sagt Lil plötzlich und zeigt in den Himmel.

Ich konzentriere mich. »Mit ganz viel Fantasie, vielleicht.«

Sie schaut sich suchend um. »Wo ist der denn eigentlich, der gefährliche Gockel?«, fragt sie.

Ich muss kichern. Als Lil mit dem Fahrrad ankam, hat Herbert sie über den halben Hof gejagt.

»Also, mein Angebot steht. Wenn ihr keine Verwendung mehr für ihn habt, ich nehme ihn gerne. So als Hühnchen süßsauer macht der sich bestimmt ganz hervorragend.«

Ich lache und rolle mich auf den Bauch. »Und gibt's sonst irgendwas in der Schule, das ich wissen sollte?«, frage ich beiläufig und spitze meine Ohren.

»Nein, eigentlich nicht. Nur Tara hat letztens nach dir gefragt.«

»Ach, wirklich? Hofft sie, dass ich gestorben bin?«

Lil bindet sich ihre schwarzen Haare zu einem Zopf zusammen. »Nein, ich glaube, sie hat ein schlechtes Gewissen.«

Ich schnaufe missbilligend auf und Lil verdreht ihre Mandelaugen.

»Ja, ich weiß. Ich gehe auch davon aus, dass sie kein Gewissen hat. Aber wer weiß das schon ganz genau?«

Nach dem Wochenende ist es so weit. Ich muss zurück in die Schule. Ohne Stacheln.

Langsam schlendere ich den Schulflur entlang und drücke mich hinter Lil und Kim herum. Die Mathearbeit ist dank Lils Hilfe ganz gut gelaufen, also habe ich eine Sorge weniger. Bleiben noch zwei andere: Julian hat kaum mehr als einen Blick für mich übrig, was sich tatsächlich alles andere als gut anfühlt. Und zu Hause ist es auch nicht besser. Jo spricht nur einsilbig mit mir, wie ich mit ihm am Anfang. Er ist total beleidigt. Das Schlimme ist, ich kann es sogar verstehen. Und das fühlt sich an, als hätte ich einen hauchfeinen Stachel eines Teufelskissen-Kaktus unter der Haut. Also versuche ich, ihm auch aus dem Weg zu gehen, was wiederum Mama auffällt und traurig macht.

Im Trompetenunterricht bin ich nicht bei der Sache. Wir proben ein Lied für das Septemberfest und ich spiele so schief wie schon ewig nicht mehr.

»Gott, dass ist ja Körperverletzung«, schimpft mein Lehrer.

Julian übernimmt meinen Part und ich darf auf die Reservebank.

»Egal«, sage ich leise zu mir selbst, um die Gedanken abzuschütteln, die sich wie eine graue Regenwolke in meinem Hirn zusammenziehen.

»Wie meine Aura jetzt wohl aussieht?«, überlege ich, als wir in der Mensa sind.

Lil sieht mich komisch an. »Bist wohl doch noch nicht wieder ganz fit, oder? Hat das Fieber irreparable Schäden im Kopf angerichtet?«, scherzt sie und legt mir die Hand auf die Stirn.

Ich knuffe sie müde lächelnd. Julian und sein Freund Frederik gehen an uns vorbei.

»Willst du nicht endlich mit ihm reden?«, fragt Lil vorsichtig. »Denk dran, was ich dir über alte Kaugummis gesagt habe«, erinnert sie mich daran, Probleme nicht ungelöst zu lassen.

Also fasse ich mir ein Herz. Julian setzt sich mit Frederik an den letzten Tisch der Mensa und ich steuere auf ihn zu. Noch etwa zwanzig Schritte. In meinem Magen summt es aufgeregt. Voller Bienen. Voller Stacheln. Ich hole tief Luft, doch plötzlich stellt sich mir Tara in den Weg. Ich verenge misstrauisch die Augen. Die hat ja Nerven.

»Hi, Lu«, sagt sie fröhlich und lächelt. Ich kann ihr Lächeln nicht zuordnen, es erreicht ihre giftgrünen Augen nicht ganz. Unsicher schaue ich einmal zurück zu Lil, die mir signalisiert, ich solle Tara einfach stehen lassen. »Ungünstig«, sage ich mehr zu mir selbst als zu ihr und schiebe mich an ihr vorbei. Blöderweise versperrt sie mir den Weg erneut. Das darf doch wohl nicht … Ich beiße die Zähne fest aufeinander.

»Warte mal«, fordert sie mich auf.

»Ähm, nein«, sage ich knapp.

»Wieso nicht?«, fragt sie gekränkt.

»Weil du mich voll in die Pfanne gehauen hast? Und ich sauer auf dich bin?«

»Oh, deswegen?«

Mir klappt der Mund auf. »Das kannst du nicht nachvollziehen, oder?«, frage ich fassungslos und kann mich nicht entscheiden, ob ich darüber lachen oder ihr eine vors Schienbein treten möchte. Ich sehe zu Lil, die wild mit den Händen fuchtelt, dann zu Julian, der jetzt auch zu mir und Tara schaut.

»Das war doch alles nur ein bisschen Spaß, Lu. Ich wollte dich nicht ärgern«, höre ich Tara sagen.

Und ich nehme es ihr sogar fast ab. Trotzdem antworte ich nicht.

»Okay, du hast ja recht«, sagt sie schließlich mit einer Mischung aus Ungeduld und Schuldbewusstsein.

Ich sehe wieder zu Julian. Er steht auf und will gehen.

Oh nein, nicht jetzt!

»Tara, und du hast das Recht zur Hölle zu fahren, okay.«

Schade, dass der Eingang dazu doch nicht in Oma Käthes Keller liegt. Sonst hätte ich ihr den Weg zeigen können. »Und jetzt lass mich einfach gehen«, fordere ich. Ihr Gesicht versteinert und ich schiebe sie weg. Dann beschleunige ich meine Schritte und hole Julian ein.

»Hey, Julian«, stoße ich atemlos hervor, als wir beide gleichzeitig auf den Pausenhof hinauskommen.

»Hi«, sagt er zögerlich und lächelt etwas zerknirscht.

»Ich möchte gerne mit dir reden«, sage ich vorsichtig.

»Ja, wollte ich auch«, erwidert er und ich hebe überrascht die Augenbrauen. »Aber es hat sich noch keine Gelegenheit geboten.«

Ich schaue zu Boden. Na ja, an mangelnden Gelegenheiten hat es wohl eher nicht gelegen.

»Also«, beginne ich und verstumme wieder. Ich spüre, wie meine Ohren rot werden. So ein Mist.

»Was ich sagen will …« Ja, was eigentlich? Dass ich ein Kaktus bin? Dass ich meine Stacheln zum Schutz ausfahre? Ich bleibe stehen und lehne mich total unlässig an die Hauswand, an der wir stehen.

Julian verschränkt vor mir abwartend die Arme vor der Brust. Okay, die Körpersprache ist ganz schön abweisend. Das ist kein gutes Zeichen.

»Ist alles in Ordnung mit uns?«, frage ich jetzt so cool, wie es geht, und höre mich beim letzten Wort an wie ein Frosch.

»Ich denke schon«, sagte Julian kühl und ich bekomme gefühlte Frostbeulen. Jetzt werde ich sauer. Sauer auf mich, auf die Situation und auch auf Julian. Sauer auf Kakteen, auf Bienen und Schmetterlinge.

»Nein, das denke ich nämlich nicht«, pampe ich ihn plötzlich an. »Nichts ist in Ordnung seit dem Unfall«, platzt es aus mir heraus. Ich fasse nach Julians Hand. »Es tut mir so, so furchtbar leid, was dir passiert ist.« Dann warte ich.

»So sah es aber nicht aus, Lu«, antwortet Julian ungerührt.

»Ich weiß, ich hätte sagen sollen, dass es mir leidtut. Aber ich weiß nicht, was mit mir diesen Tag los war. Ich habe mich so in die Scheiße geritten – und dich auch.«

Julian hebt eine Augenbraue. »Mieses Wortspiel«, sagt er knapp und ich nicke. Ich wäre ja auch lieber mit ihm in den Sonnenuntergang geritten.

»Mach's mir nicht so schwer. Ich weiß, ich hätte dich anrufen sollen, fragen sollen, wie es dir geht. Ich war – keine Ahnung – in einem Zustand geistiger Umnachtung, oder so?« Ich zucke mit den Achseln, wie er es sonst tut. »Mensch, sag doch was.« Er bleibt immer noch still und in seiner Miene regt sich nichts. Und ich bin kurz davor, einfach aufzugeben.

Julians Mundwinkel zuckt. »Ist schon gut, Lu. Vergessen wir diese ganzen peinlichen Sachen zwischen uns, ja?«, schlägt er vor.

»Ja, sehr gerne.« Es fühlt sich an, als würde ein riesiger Stein von meiner Brust rollen.

»Und wann bekomme ich mein Eis?«, fragt Julian und grinst jetzt sein Grinsen.

Einige Tage später sitzen Lil, Julian und ich am Tisch der Mensa und vertilgen Glückskekse.

»*Das Ende ist die Krönung einer Sache*«, zitiert Lil ihren Glückskeks.

»Bei mir ist kein Ende in Sicht«, sage ich und ernte einen komischen Blick von Julian. »Zu Hause ist immer noch dicke Luft, meine ich.«

»Das ist mies.«

»Das kannst du laut sagen.«

»Hast du denn mit Jo geredet?«

»Nein, das ist nicht so leicht. Außerdem kommt er im Augenblick immer sehr spät nach Hause.«

Julian seufzt mitleidig, knackt den nächsten Glückskeks und liest: *»Das Gras wächst nicht schneller, nur weil man daran zieht.«*

Lil lacht. »Sehr hilfreich, Julian.«

»Was denn, habe ich die Zettel geschrieben?«

»Schaut mal. Da kommt Tara«, sagt Lil und nickt mir zu. Ich drehe mich um und erschrecke, als Tara mir ein riesiges Tablett vor die Nase hält.

»Tadadah! Frühstück!«, trällert sie und sieht mich dabei bittend an.

Ich kann kaum glauben, was ich da sehe. Das muss ein kleines Vermögen gekostet haben. Pizzazungen, Schokobrötchen, Kakao, Brownies, ein Riesen-Cookie und vier belegte Brötchen.

»Wow, was ist denn das?«, fragt Julian, als Tara es vor uns abstellt.

»Das ist meine Entschuldigung, und ich hoffe ihr nehmt sie an?«, bittet Tara.

Julian greift zu, während ich noch überlege.

»Es tut mir wirklich leid, okay? Ich werde nie wieder hinter deinem Rücken reden«, verspricht sie mir.

»Na gut. Sonst kannst du mir auch wirklich den Buckel runterrutschen«, sage ich und gebe mir einen Ruck.

Der Cookie sieht aber auch zu gut aus. Ich reiche Tara die Hand, sie packt blitzschnell zu und schubst mich fast vom Stuhl, als sie mich umarmt. Hilfe!

»Okay, ist ja gut.« Sie drückt noch einmal fester, bevor sie mich wieder freigibt. Ich denke an Erwin und seine Stacheln. Stelle mir vor, wie sie piksen.

»Sehr schön. Ich habe mir da schon etwas überlegt. Bald ist Herbstmarkt ...«, beginnt Tara völlig zufrieden.

Lil schüttelt ungläubig ihren Kopf, nimmt sich aber dann doch eines der Brötchen und lauscht Taras aufgeregten Ideen zum Dorffest.

»Wir gehen also zusammen dort hin, feiern, natürlich ohne Eltern, und übernachten dann bei mir.« Tara strahlt bis über beide Wangen. In diesem Moment hat sie wirklich etwas von einem Honigkuchenpferd. »Was haltet ihr davon?«, fragt sie jetzt ungeduldig. Ihre grünen Augen funkeln vor Energie. Julian nickt mit vollem Mund, verschluckt sich dann fast, als Tara ihm freundschaftlich auf den Rücken klopft.

So schnell kann eine Versöhnung also gehen? Na denn? Ich bin gespannt, wie lange das gut läuft. Auf jeden Fall werde ich erst mal noch sehr vorsichtig sein mit dem, was ich ihr erzähle. So viel ist sicher.

Alle anderen aus meiner Klasse sind schon weg, als ich aus der Schule komme. Frau Neiß hat so lange gebraucht, um mir noch die Lernmaterialien aus den Stunden zu geben, die ich wegen des Halsinfekts verpasst hatte. Ich dachte schon, ich komme hier gar nicht mehr raus.

Während ich mein Fahrrad aufschließe, höre ich einen Schrei oder ein Fauchen … Ich horche auf. Dann wieder ein Schrei, als würde jemand abgemurkst werden. Ich kann es nicht lassen und schiebe mein Rad vorsichtig um das Gebäude herum, um nachzuschauen, was da vor sich geht. Da sehe ich gerade noch, wie ein Elefantenbaby mit roter Turmfrisur sich auf den Hosenboden fallen lässt und ihr Gesicht in den Händen vergräbt. Eine Gruppe älterer Kids macht sich gerade lachend davon. Sie sagen gemeine Sachen über Isa und die Schultern des Monstermädchens zucken rhythmisch.

Oh, du heiliger Kaktus. Isa, der Schrecken der Schule, weint! Ich sollte wahrscheinlich zusehen, dass ich hier wegkomme. Dummerweise machen meine Beine was ganz anderes. Ehe ich michs versehe, stehe ich direkt hinter Isa, mit einem Taschentuch in der Hand.

Irrwitzig schnell dreht sich das Mädchen zu mir um und steht auf. Ich erstarre. Sie ragt wie ein Hochhaus über mir auf und ich schlucke trocken. Ihre Augen sind feucht, ihr schwarzer Kajal ist verlaufen und sie schnieft einmal laut.

»Du schon wieder«, speit sie mir zornig entgegen.

Ich mache mir fast in die Hose, als sie ihre Fäuste ballt. Ruckartig schießt meine Hand mit dem Taschentuch vor. Ich würde sie ja fragen, was los ist, ob sie Hilfe braucht, oder ihr sagen, dass sie mein Taschentuch haben kann. Aber zu mehr als einer stummen Geste reicht es gerade nicht. Misstrauisch beäugt sie mich und das Tuch.

»Danke«, sagt sie rau.

»Du hast da noch Kajal.« Vorsichtig deute auf ihre rechte Wange.

»Na und?«, knurrt sie und ich weiche einen Schritt zurück. Plötzlich packt sie mich an der Schulter, mein Herz sackt mir in die Hose. Ihre Augen bohren sich fest in meine. Ich vergesse zu atmen.

»Danke, Mann. Das ist nett von dir«, haucht sie völlig überraschend und lässt mich auch genauso unverhofft wieder los.

Ich wanke. »Gerne«, sage ich etwas gefasster. »Hast du Ärger?«, rutscht mir die Frage raus.

»Ey, wir sind jetzt keine Blutsschwestern, oder so was, klar?«, zischt sie. »Und wenn du jemandem davon erzählst, mach ich dich alle.«

»Auch klar«, beschwichtige ich schnell und will zu meinem Fahrrad gehen.

»Wie heißt du eigentlich?«

»Lu. Lucinda.« Ich blinzle verwirrt.

»Ich bin Isa«, stellt das riesige Mädchen sich vor und geht davon. Ich schaue ihr noch eine gefühlte Ewigkeit hinterher.

Seit genau drei Stunden und siebenundzwanzig Minuten bin ich ganz alleine im Haus. Mama hat einen spontanen Fotografenjob auf einer Hochzeit weit weg und Oma Käthe ist auf ihrem Esoterikseminar. Mama sagt dazu »Hokuspokuskonferenz« oder »Verwirrtentreffen«.

Das bedeutet, dass Jo und ich in etwa – ich blicke auf die Uhr – einer Minute hier alleine aufeinandertreffen werden und den Rest des Wochenendes zusammen verbringen müssen. Gestern hat er zumindest ein paar Worte mehr mit mir geredet. Und das ist auch gut so, denn ich hatte schon überlegt, ihm in sämtliche Klamotten Knoten in die Ärmel und Hosenbeine zu machen, damit er mich wenigstens anschnauzt.

Ich seufze und schaue wieder auf die Uhr.

Mit etwa einer halben Stunde Verspätung kommt Jo mit seinem alten Skoda auf dem Hof an.

Ich beschließe, ihm entgegenzugehen und öffne die Tür.

»Hi«, sage ich und ärgere mich, weil mir nicht mehr einfällt.

»Na, Lucinda? Ausgeschlafen?«, fragt er und stellt seine Gummistiefel in den Flur. »Kann ich reinkommen? Oder hast du mir irgendwelche tödlichen Fallen gestellt, um mich loszuwerden? Heute hast du ja freie Bahn, nicht wahr?«, scherzt er, aber ich finde das nicht wirklich komisch. »Hast du schon gefrühstückt?« Jo wirkt nachdenklich.

»Nein, noch nicht.«

»Soll ich Rührei machen?«

»Gerne«, antworte ich leise. »Soll ich dir helfen?«

»Ja, klar.« Jo sieht überrascht aus und grübelt einen Moment. »Ich muss gleich noch mal zum Hof. Würdest du mitkommen und mir ein wenig zur Hand gehen?«, fragt er zögerlich und mir wird klar, dass er sich genauso unsicher fühlt wie ich mich. »Kann ich machen«, sage ich kurz.

»Okay, schön.« Jo brät die Eier und ich decke den Tisch.

So gestärkt fahren wir zum Hof. Zerknirscht sehe ich mich um und entdecke die Güllegrube, in der Julian gebadet hat.

»Na, kommen da Erinnerungen hoch, Kullerkeks?«, errät Jo und ich freue mich einen irrwitzigen Moment darüber, dass er mich wieder so nennt. Das hat er seit dem Unfalltag nicht mehr getan.

»Vielleicht ein wenig«, erwidere ich und folge Jo in einen Raum, in dem ein riesiger Tank steht.

»Hier wird die Milch gelagert«, erklärt Jo. »Komm mit, ich zeige dir die Melkkammer. Die Kühe sind zwar fast fertig, aber ich habe da eine Aufgabe für dich.«

Ich staune, als ich die vielen Tiere sehe, die friedlich dastehen und sich mit einem Geschirr, das unter den Eutern hängt, die Milch abpumpen lassen. Hier riecht es auch gar nicht so schlimm. Irgendwie nach Algen, Meer und ein wenig auch nach Staub und Sägemehl. Okay, und nach Kuh.

»Hier, nimm mal«, fordert Jo und drückt mir einen Eimer in den Arm. Auf einer Seite ist eine Art Sauger angebracht.

Dann gehen wir durch eine Tür in einen kleinen Stall mit Boxen. Und in ihnen stehen die süßesten Kälber, die ich je gesehen habe.

»Oh, mein Gott!«, rufe ich begeistert aus und gehe vorsichtig auf die kleinen Babys zu.

»Die drei sind erst gestern geboren worden und bekommen jetzt von uns ihre Milch«, erklärt Jo und hilft mir, den Eimer in eine Vorrichtung zu hängen. »Pass auf, du musst sie anfüttern«, sagt Jo.

Die Kälbchen, die eben noch im Stroh gelegen haben, stehen unbeholfen auf. Wackelig gehen sie vorwärts und strecken uns ihre Mäuler entgegen. Das eine gibt einen jammernden Laut von sich und stupst mich am Arm an.

»Die haben ganz schönen Hunger, was?«, überlege ich.

Jo stellt schnell die Eimer ab. »Du nimmst jetzt deine Finger, steckst sie in das Maul des Kälbchens und lässt es ein wenig nuckeln.«

»Bist du verrückt?«, frage ich schockiert.

»Nein, eigentlich nicht«, erwidert er leichthin. Jo macht es mir vor.

Das Kuhbaby schmatzt und kommt immer näher. Dann führt er es zu dem Nuckel an dem Eimer, damit es die Milch trinken kann.

»Ach, wie süß«, sage ich entzückt und streiche über das flauschige Fell hinter den Ohren. Das Kälbchen lässt sich gar nicht stören und ich wuschle ihm ausgiebig durch die weichen Haare.

»Und nun die anderen«, sagt Jo und hängt den nächsten Eimer ein. Vorsichtig halte ich meine Hand dem Tier entgegen.

»Und was, wenn es beißt?«, frage ich und zögere.

»Vertrau mir, Lu. Es beißt nicht.«

Ich berühre die feuchte Nase des Kalbes.

»Aber nimm immer alle Finger, sonst kann es dir aus Versehen die Knochen brechen, wenn es mit dem Kopf schlägt.«

Ich zucke beinahe zurück. »Ich wusste es«, sage ich zu Jo. »Du willst dich jetzt an mir rächen.«

»Nein, Lu. Wirklich nicht.«

Ich nehme meinen ganzen Mut zusammen. Dann findet das Babytier meine Hand und saugt sich schmatzend an meinen Fingern fest. Es kitzelt tierisch und ich jauchze laut auf. Langsam führe ich es zu dem Nuckel, aus dem es die Milch trinken soll. Und Bingo, es klappt.

Während Jo kurz verschwindet, vergnüge ich mich eine Weile mit den Katzenbabys, die auf dem Heuboden leben. Ein bisschen fühle ich mich wie auf Abenteuerurlaub. Dann wird's mir fast ein wenig zu aufregend, als Jo mich auf seinen Trecker holt.

»So, setz dich. Du fährst«, sagt er aus heiterem Himmel.

»Was?«, quietsche ich. Der Trecker röhrt tuckernd vor sich hin.

»Es ist ganz leicht.« Jo grinst.

»Ich habe keinen Führerschein und bin noch ein Kind«, gebe ich zu bedenken.

»Ach, ich dachte, du bist kein Kind mehr?«, fragt er zurück.

Mist. Dass er alles so wörtlich nehmen muss, was ich sage.

»Na ja, zumindest darf ich noch kein Kraftfahrzeug führen«, sage ich altklug und lege die Stirn in Falten.

Ein Griff und Jo setzt mich auf den Sitz. »Ich fahre den, seit ich sieben bin«, erzählt er.

»Oh, also hat Oma recht, wenn sie sagt, ihr Bauern habt eure eigenen Regeln?«

Jo lacht und hilft mir, den Gang einzulegen. Und ich wünsche mir, kein Kaktus zu sein, damit Jo mich festhält.

Nach kurzer Zeit habe ich es raus, wie man fährt. Tatsächlich kinderleicht!

»Das ist obercool, Jo!«, jauchze ich glücklich.

»Schön, dass es dir gefällt«, sagt Jo lächelnd.

Ich schaue ihn von der Seite an.

»Du weißt, dass ich nicht vorhabe, einen Vater für dich zu spielen, oder?«, fragt Jo jetzt plötzlich. Wo kommt das denn auf einmal her? »Ich möchte nur, dass du, deine Mutter und ich eine schöne Zeit haben und respektvoll und freundlich miteinander umgehen können. Dass wir füreinander da sind, wenn es Probleme gibt, und wir Spaß haben, wenn …«

Ich unterbreche ihn, als es etwas zu schwülstig wird. »Ist schon gut, Jo. Ich habe nachgedacht und …«

Jetzt unterbricht er mich: »Oh, wirklich, hat's wehgetan?«, fragt er scherzend und ich knuffe ihn.

»Ich habe nachgedacht und ich bin zu dem Schluss gekommen, dass wir Freunde sein können, wenn du willst. Unter einer Bedingung ...« Ich hebe den Zeigefinger.

»Und die wäre?«, fragt Jo und hilft mir, den Trecker zu parken.

»Dass du mich nicht immer Kullerkeks nennst.« Wir steigen ab.

»Was hast du gegen Kekse?«, scherzt er, als wir nebeneinander herschlendern.

»Nichts, aber das mit dem Kullern finde ich doof.« Ich streichle meinen Bauch und Jo grinst schief.

»Pizza zum Abendbrot?«, fragt er.

»Das würde Mama nicht gut finden«, gebe ich zu bedenken.

»Was sie nicht weiß, macht sie nicht heiß«, antwortet Jo trocken und hält mir seine Autotür auf. »Darf ich bitten, Prinzessin?«

Ich verziehe das Gesicht, bei dem Wort.

»Was?«, fragt Jo irritiert und hält inne.

»Prinzessin?«

»Auch nicht gut?«, jammert Jo und ich lasse mich auf den Sitz plumpsen.

»Eher nicht.«

Jo geht ums Auto herum und grinst mich beim Einsteigen an. »Wie wäre es mit Fröschchen?«

»Bitte?! Wieso Fröschchen?«

»Weil du so gut herumquaken kannst«, sagt er belustigt und startet den Wagen.

»Findest du?« Ich verschränke die Arme vor der Brust, während Jo den Kopf schief legt und mich abwartend ansieht. »Scherz, Lucinda.«

»Wusste ich«, kommt es wie aus der Pistole geschossen und ich muss selbst lachen.

»Mir fällt schon noch etwas Passendes für dich ein.«

»Sicher?«, hake ich nach und schnalle mich an.

»Ganz sicher!«

»Warum habe ich kein gutes Gefühl dabei?«, will ich wissen und recke kämpferisch mein Kinn vor.

»Weiß nicht?«, sagt Jo.

Jetzt habe ich auf einmal gar keine Bedenken mehr wegen des Wochenendes.

Ich glaube, so langsam komme ich in meinem neuen Leben an. So schlecht ist es nämlich gar nicht. Ich gewöhne mich sogar an den Geruch. Und man muss nicht immer ein Kaktus sein und sich Leute vom Hals halten. Denn manchmal braucht man eine Umarmung. Und sogar Bienen im Bauch.

Teichert, Mina:
Ich wollt, ich wär ein Kaktus
ISBN 978 3 522 50592 5

Umschlaggestaltung/-illustration und
Innenillustrationen: Stephanie Reis
Innentypografie: Satz Studio Angelika Schön
Reproduktion: Medienfabrik GmbH, Stuttgart
Druck und Bindung: GGP Media GmbH, Pößneck

FSC
www.fsc.org
MIX
Papier aus verantwortungsvollen Quellen
FSC® C014496

3. Auflage 2018

Dieses Buch wurde vermittelt durch
die Agentur SCRIPTZZ www.scriptzz.de